TRANSFERT SUR BOUVINES

— **Science-fiction** —

ROMAN

TRANSFERT SUR BOUVINES

Nicolas WONNER

ECHO Editions

www.echo-editions.fr

Direction Artistique : Émilie COURTS
Photo de couverture : EC Média

ISBN : 978-2-490775-38-5

Chapitre 1 LE PREMIER TRANSFERT

Je me nomme Solène Marchant, à l'époque j'étais versaillaise et je venais d'avoir dix-huit ans. J'ai toujours été bonne, voire très bonne élève, et là j'entrais en « Math Sup », c'est-à-dire en classe préparatoire aux grandes écoles d'ingénieur.

Jusque-là, ma vie avait été banale. J'avais suivi le parcours classique de la fille modèle, les parents tous deux ingénieurs et moi, leur fille aînée, je faisais comme eux, mais en mieux. « Une fille, mais en mieux », c'est ainsi que me décrivait ma mère.

À l'époque, j'avais encore mon oncle Jacques qui passait trois à quatre fois par an à la maison. Il dormait chez nous quand il traversait la France pour son travail. Maman et lui étaient consultants en informatique. Je le trouvais super drôle, tout comme maman qu'il faisait rire toute la soirée. Il n'était d'ailleurs pas vraiment mon oncle, mais un copain d'école d'ing. de mes parents. Il s'entendait aussi très bien avec papa. Ils avaient les mêmes goûts cinématographiques. La carrière de mon père avait un peu dévié. Il avait créé une société d'installation et de réparation de machines à café. Ma mère lui en avait voulu quelque temps, elle n'aimait pas trop les risques surtout financiers, mais le chiffre d'affaires croissant, associé à de bons revenus, avait fini par la convaincre. Elle était maintenant assez fière de son mari.

Jacques, qui avait toujours l'air d'arriver un peu par hasard, m'avait dit ce soir-là cette phrase bizarre, une phrase que je n'avais pas prise très au sérieux sur l'instant : « Maintenant tu rentres à Hoche, tu vas devenir Ingénieur et tu vas faire des trucs fantastiques ». Il nous donna ensuite quelques cadeaux – comme toujours quand il dormait à la maison – et évidemment il enchaîna sur des plaisanteries avec maman pour la faire rire. Maman nous envoya ensuite au lit, ma petite sœur et moi, pour rigoler seule avec Jacques et papa. En clair, pour raconter des cochonneries en pensant que nous n'entendions pas. Le lendemain il partit de bonne heure pour le Grand Hôtel, il devait passer le week-end à Cabourg.

Les jours suivants furent un samedi - dimanche assez banal, courses en famille, petit resto sympa pour le déjeuner, jogging le samedi après-midi, piscine le dimanche matin, révisions après déjeuner, et un peu de Skype pour voir mon p'tit copain Valentin avant de me coucher. C'est là, le dimanche soir, juste après m'être endormie, que le premier transfert eût lieu.

Je venais de m'endormir et je venais en même temps de me réveiller.

Je n'étais plus chez moi, ni à Versailles, ni même en France, je venais de me réveiller dans un autre monde. J'étais allongée nue sur une sorte de canapé en cuir noir sans dossier. Sur une table basse noire, faite dans le même cuir étrange, étaient posés des vêtements. Ils étaient d'un style familier, blue jeans, t-shirt blanc et une paire de baskets montantes bleues démarquées. Je les enfilai rapidement. La pièce était totalement blanche et elle ne comportait qu'une unique porte grise. Je l'ouvris. Je me retrouvai dans un petit bureau gris pâle. Un siège, deux fauteuils, un bureau en verre et mon oncle souriant qui était devant moi « Bienvenue à Bouvines ».

— Quoi ? Bouvines dans le Nord-Pas-de-Calais ?

— Non, Bouvines est le nom de cette station spatiale. Nous sommes à plus de vingt années-lumière de la Terre en orbite autour d'une planète qui, sur Terre, est nommée « Gliese » et ici tout simplement « Planète ».

— Quoi ? répétai-je.

— Oui, en fait j'étais censé t'annoncer cela lentement, par étape. J'ai même été entraîné par une sorte de psy.

Il ajouta en chuchotant :

— C'est une bombasse et je n'ai rien écouté.

— Quoi ?

Cette succession de « quoi » commençait à m'exaspérer, mais aucun autre mot n'arrivait à mon esprit.

— L'idée était de t'expliquer tout d'abord que tu ne rêves pas, ensuite je devais te décrire les règles temporelles du transfert et finalement te présenter ton nouveau travail.

— D'accord, je suis en train de rêver.

— Eh bien non justement.

— Je n'aurais pas dû relire la Théétète de Platon, dis-je à haute voix comme si j'étais seule.

— Rien à voir, c'est assez facile de savoir distinguer les rêves de la réalité.

— Ah oui et comment ?

— Tu vas rentrer en Maths sup.

— Oui. Et ?

— Et bien je vais te résumer l'un des livres au programme « Tristes Tropiques » de Claude Levi-Strauss. Si tu rêvais, tu ne pourrais pas apprendre quelque chose de nouveau. C'est facile de faire la différence entre un rêve et la réalité, il n'y a que dans le réel où l'on peut apprendre une chose nouvelle.

— Sauf si j'ai déjà réellement lu ce livre, que je ne m'en souvienne pas et que je rêve que tu me le lises.

— Ah oui ! Effectivement ! Quand tu penses que télécharger ce livre depuis la Terre m'a coûté une petite fortune ! Tu es vraiment douée, ta mère a raison.

— Tu couches avec ma mère ?

La question m'était venue d'un seul coup, sans réfléchir.

— Quoi ?

« *Enfin un "quoi" qui n'était pas de moi* », pensai-je.

— Tu veux m'apprendre quelque chose ? Une information que je ne peux pas savoir ? Eh bien vas-y, ça, c'est au moins une chose dont je suis certaine ou devrais-je dire, je suis certaine de ne pas la savoir, dis-je avec aplomb.

— Cela ne te regarde pas et puis non, on ne couche pas ensemble. Je te signale qu'on est mariés et chacun de notre côté !

— Et avant ?

— C'était il y a trente ans !

— Alors oui ou non ?

— Mais Solène, on parle de ta mère ! Une jeune fille n'est pas censée s'intéresser à la vie sexuelle de sa mère !

— J'ai toujours trouvé que vous alliez bien ensemble. Vous êtes tous les deux châtains, clair pour elle, foncé pour toi. Elle fait un peu plus d'un mètre soixante et toi un peu moins d'un mètre quatre-vingt. Elle a raison, tu es vieux jeu.

— Quoi ! un peu moins… vieux… mais tu parles super vite.

— Maman dit toujours que sous ton air cool, tu es coincé, tu es le plus « vieille France » de tous ses amis.

— Ah la sal... euh té ! Je ne suis pas du tout coincé.

— Si !

— « ses amis », elle a d'autres amis ?

— Avoue ! Tu couches encore avec.

— Mais non !

— Je me demande bien quand et où vous arrivez à le faire, dis-je de nouveau avec culot et à haute voix.

« Au moins Jacques, tu as raison sur un point, elle a l'esprit vif. Elle est avide de tout savoir. Elle fera de bonnes analyses ». C'est avec ces phrases qu'elle entra, la psy. Une femme qui avait la peau aussi verte que ses yeux. Pour être honnête, je ne me souviens que peu de notre conversation, j'étais obnubilée par son physique. Quand on rencontre E.T., il est plus facile de le décrire que de se rappeler sa fameuse phrase. Elle était plutôt grande, elle avait la taille de tonton, environ un mètre quatre-vingt, mais avec sa paire de bottes en cuir, elle le dépassait. Dotée d'une poitrine généreuse, elle était uniquement vêtue d'un bikini noir. Elle avait un visage ovale, des cheveux noirs et raides, en arrondi sur le haut de la tête ce qui lui apportait une note de douceur, une coupe à mi-chemin entre le dégradé et le carré dissimulant une partie de sa joue droite. Je faisais face à une extra-terrestre, ou devrais-je dire à la « bombasse » de tonton !

« *Je ne crois pas faire une sorte d'anthropomorphisme, mais elle le regardait avec un désir sexuel évident, l'attrait du bel inconnu venu de loin* pensais-je, *mais c'en était assez gênant pour moi qui tenais la chandelle.* »

J'étais persuadée d'être dans un rêve, mais si je devais essayer de résumer cette rencontre, je dirais que mon oncle faisait le pitre en nous coupant la parole avec des phrases stupides du style « elle est verte, mais très mûre » et elle, elle essayait de m'expliquer les raisons de ma présence en distillant des termes techniques dont, de toute évidence, la définition exacte lui échappait. Je pourrais résumer son long discours par :

— Il y avait une distorsion temporelle. Une heure sur Terre correspond, à peu près, à un jour sur la station spatiale et ils avaient besoin d'un nouvel ingénieur, mon oncle devenant trop vieux !

— Admettons que tout cela soit la réalité, ce que je ne crois pas, comment m'avez-vous téléportée et pour faire quoi ? finis-je par demander.

— Chaque chose en son temps, répondit mon oncle, j'ai établi un petit planning pour ton arrivée. Tout d'abord les règles du transfert :

1. Ton corps sur Terre paraît endormi, mais il est en fait en « stase », c'est un état proche du coma. On ne peut pas te réveiller, mais tu as toujours une activité cérébrale.

2. C'est le transfert qui provoque la distorsion temporelle, elle a un coefficient proche de vingt-quatre. Ton transfert dure environ cinq heures en temps terrien, mais cent vingt heures en temps de Bouvines. Hors transfert, sur Terre quand une heure s'écoule, le coefficient est inversé, deux minutes et demie s'écoulent à Bouvines.

3. Ton corps sur Bouvines est unique, il peut être guéri, mais pas reconstruit. Une blessure à Bouvines n'est pas répercutée sur ton corps sur Terre même s'il peut y avoir des conséquences. Il y a quelques années, je m'étais cassé une jambe et de retour sur Terre, j'ai boité tout un week-end.

4. Conseil d'ami : n'en parle à personne sur Terre.

— Tu t'es filmé sur Terre, tu as pris des mesures physiologiques quand tu étais en « transfert » ?

— Oui, même si c'est plus facile à dire qu'à faire.

— Et que fait-on ici ? Cette civilisation, qui maîtrise ce type de « transfert », me semble bien plus évoluée que la nôtre.

— Effectivement, ces civilisations le sont. La station spatiale appartient aux « Planètariens ». Ils ressemblent aux humains, mais ils sont verts à cause de la chlorophylle. Ils mangent très peu, ils font de la photosynthèse d'où leurs vêtements très légers. Tu constateras que cette station, qui est l'une des plus importantes de la galaxie et la plus grande du système, abrite de nombreuses espèces en provenance des quatre coins de la galaxie, mais aussi de nombreux robots et logiciels. Les Planètariens ont atteint depuis des siècles la « singularité technologique ». Leurs machines sont conscientes. Je te rassure, elles sont totalement inoffensives. Elles sont fondamentalement pacifiques vis-à-vis des créatures biologiques à cause de leurs noyaux, par contre le premier souci est que ces machines ne s'apprécient pas forcément entre elles et c'est là que l'on intervient, car le second souci est que les Planètariens sont incapables de programmer quoi que ce soit.

— Comment est-ce possible ?

— C'est une sorte de « métier disparu », c'est comme un « cartier » sur Terre. Il n'y en a plus. C'est une machine qui fabrique les cartes à jouer. Sur Bouvines, si tu veux faire un logiciel, tu demandes à un autre logiciel de te le faire. Plus personne ne sait en faire.

— Je suis inquiète, je commence à me dire que je ne rêve pas.

— Notre métier va consister à reprogrammer des logiciels, des droïdes et à faire l'intermédiaire entre robots qui ne s'apprécient pas, poursuivit mon oncle.

— Tu as un exemple pour fixer les idées ? demandai-je.

— Il y a un peu plus d'un an terrestre, j'ai reprogrammé le logiciel gérant la gravité artificielle. Il avait été tué par un droïde cuisinier qui l'accusait d'avoir eu une relation intime avec le logiciel chargé de contrôler la serre trente-huit. Un crime passionnel.

— Tu déconnes ! m'exclamai-je.

— Non. J'ai pas mal d'autres exemples en tête, mais celui-là est le plus sympa. C'est d'ailleurs à cette occasion que j'ai rencontré As.

— As ?

— La psy.

— Elle s'appelle As, comme l'as d'un jeu de cartes ?

— As, comme l'as de cœur, répondit-il.

— En la voyant, j'dirais plutôt l'as de trèfle.

— Moque-toi ! En attendant, elle m'a porté chance. Son nom complet c'est en fait Thom'As, mais ça ressemble trop au prénom masculin.

— Et ?

— Ça me faisait bizarre d'avoir une relation avec un prénom masculin, alors je l'appelle tout le temps « As ».

— Une relation Jacques, mais tu es marié ! et ma mère, elle en dirait quoi ?

— Ah ! oui, mais… c'est à des années-lumière d'ici !

— Et !

— Il faut voir ça comme une expérience scientifique… biologique… tu vois ?

— Tu te fous de moi ?

— Ce n'est pas impossible, dit-il en souriant.

Je commençais à me sentir mal, j'avais des vertiges. As s'en rendit vite compte. Ils me transportèrent dans une autre pièce, nous sortîmes du petit bureau gris et nous arrivâmes dans un séjour où mon oncle avait préparé une soupe « aux légumes variés ». Malgré mon impossibilité d'identifier les ingrédients, la soupe était bonne. Je me sentis mieux.

— Tu as vu, j'ai un hublot ! s'exclama Jacques.

C'était vrai, il y avait un petit hublot d'une trentaine de centimètres de diamètre. La vue était magnifique, une nuit noire étoilée, un petit soleil rouge et une planète bleue verte.

— Ton oncle est un privilégié, posséder un appartement avec un hublot coûte une fortune. C'est grâce à ses nombreuses programmations qu'il a fini par pouvoir se le payer. Quand je l'ai rencontré, il avait déjà un beau vingt-cinq mètres carré, mais après son coup d'éclat avec le logiciel gérant la gravité artificielle, son patrimoine s'est considérablement accru. Il a fait le tour des médias durant une bonne centaine de jours.

— L'administrateur de la station m'a versé une fortune quand j'ai restauré ce logiciel. C'était bien mérité, sans moi ils auraient gardé les pieds en l'air et sa station n'aurait plus valu un clou.

— Oh, Jacques, j'adore quand tu utilises tes expressions. « Plus valoir un clou », c'est génial.

— Merci As, mais n'en fais pas trop devant la petite.

— Ne vous gênez surtout pas pour moi, ajoutai-je discrètement.

— Solène, je vais encore te montrer ta chambre et je vais te laisser te reposer quelques heures. Le premier transfert est un peu éprouvant. Les suivants seront de la routine, affirma à tort mon oncle, comme je m'en aperçus par la suite.

Je finirai d'ailleurs, par bannir le mot « routine » de mon vocabulaire.

Le premier petit-déjeuner

À mon réveil, j'étais toujours à Bouvines dans la même petite chambre où je m'étais endormie. L'appartement de mon oncle n'était pas très grand, en plus de la salle de transfert, du petit bureau gris et du séjour il n'y avait que deux petites chambres, avec chacune sa salle d'eau. Au bout du séjour, un couloir menait vers la porte d'entrée.

Nous prîmes le petit-déjeuner dans le séjour face au petit hublot qui donnait tant de valeur à l'appartement selon mon oncle. Il en profita pour m'expliquer deux choses, tout d'abord pourquoi j'avais l'impression qu'As parlait français. Durant la fabrication de mon corps sur Bouvines, la machine de transfert permettait de modifier la langue maternelle si celle-ci avait une structure proche de la Planètarienne, le langage le plus utilisé sur Planète. Cela pouvait aussi expliquer le choix de Jacques puis le mien, il était facile de transférer une personne dont la langue maternelle était le français. Il m'expliqua qu'il était nécessaire d'avoir une syntaxe dont la construction privilégie l'ordre « sujet, verbe, complément », il faut naturellement penser « j'ai mangé à huit heures un petit-déjeuner » et non « à huit heures, ai je un petit-déjeuner mangé ». Le genre « neutre » n'existe pas non plus en Planètarien. Sur le moment, je ne comprenais rien à ce qu'il disait. La seconde chose qu'il m'expliqua longuement, très longuement, c'est la technologie liée à ce sabord qui intégrait un filtre antiradiation, anti-UV, mais aussi un dispositif de protection antifuite d'air. Il n'avait pas tort, ce hublot était très impressionnant non seulement par sa technologie qui permettait d'un simple tapotement de doigt de l'utiliser comme lunette astronomique en zoomant vers des points éloignés de l'espace, mais aussi pour son design très épuré en aluminium brossé. Il me faisait penser à mon ordinateur Pomme, on aurait pu croire qu'il s'agissait d'un produit de la même marque. Cette simple constatation me fit de nouveau douter de la réalité de ce « transfert ». Comment un objet fabriqué à des années-lumière pouvait-il ressembler à un ordinateur « Dessiné en Californie, fabriqué en Chine » ? La suite tragique des évènements me prouva que je n'étais pas dans un rêve.

As vint nous rejoindre alors que je finissais un fruit ressemblant à s'y méprendre au goût et en aspect à du raisin, donc de couleur violette. Elle m'apprit que mon oncle possédait une petite parcelle de la serre de Bouvines, il faisait pousser ce fruit pour produire du vin. Sa production atteignait un millier de bouteilles par an dont une bonne centaine était destinée à sa consommation personnelle.

— As, j'ai une question qui me trotte dans la tête depuis mon arrivée, j'avoue que c'est une question un peu étrange.

— Ne te gêne pas, tu n'imagines pas les questions que me pose régulièrement Jacques.

— Quand je joue aux jeux vidéo, genre jeux de rôle, les différentes races possibles ont toujours des caractéristiques particulières sauf les humains. C'est systématiquement la race de référence, moyenne en tout. Vous qui êtes une extra-terrestre, selon vous quelles sont les caractéristiques qui nous distinguent ?

— Ah non, Solène, pas cette question ! intervint mon oncle.

— Pourquoi ?

— Sa réponse ne va pas te plaire, répondit mon oncle.

— Vas-y As, dis-moi ce que tu en penses, insista Solène.

— Au niveau physique, vous êtes comme toutes les créatures de la galaxie, votre puissance et votre force sont essentiellement liées au rapport poids/taille. Le plus intéressant est la partie psychologique, vous êtes l'une des races les plus naïves de la galaxie.

— Quoi ! m'exclamai-je.

— Le terme est peut-être un peu fort, « crédule » est plus adapté. Je m'explique. Vous avez la particularité de croire à des théories sans fondements concrets. Vous êtes globalement manipulables. Au début de votre civilisation, vous avez inventé les religions. On comprend bien les objectifs, ils sont louables. Elles permettent de calmer les angoisses, mais surtout de diffuser un mode de vie censé être favorable à la survie de l'espèce. Il était logique, à une période où la technologie était quasi-inexistante, qu'un dirigeant recherche un moyen pour diffuser ses instructions. La religion était le moyen le plus pratique, elle permettait à des groupes d'individus éloignés de vivre de la même façon en suivant les instructions du prescripteur de cette croyance et cela a fonctionné. Les humains suivaient naturellement ces ordres même les très étranges. Le plus incroyable dans ces théories est qu'elles reposent sur la promesse d'obtenir une hypothétique vie éternelle. Le fait de croire à « une vie éternelle, mais pas terrestre, après la mort » relève d'une hypothèse particulièrement osée, pour ne pas dire absurde, mais un gain très élevé face à une probabilité de réalisation très faible est souvent perçu comme un bon argument, d'où le succès universel des loteries. Là où l'on retrouve la preuve irréfutable de votre crédulité, c'est dans ces étranges obligations alimentaires ou médicales, alors que votre niveau technologique progressait, ces prescriptions étaient maintenues. Par la science, vous saviez pertinemment qu'elles étaient caduques et pourtant une bonne partie de votre population continuait à les suivre. Je passe sur l'absurdité du concept de « livre saint », qu'un humain envisage que la pensée de Dieu pourrait se résumer dans un livre. C'est comme si l'on envisageait de faire tenir celle d'un humain sur une page.

— Belle formule, ajouta mon oncle.

— Ce n'est pas tout, continua As. Vous avez également des idéologies dont le succès n'est pas basé sur une promesse post-décès, mais sur la promesse d'un bonheur pour l'ensemble des Terriens.

— Vous voulez parler du communisme, affirmai-je.

— Oui entre autres, les humains qui suivent ce type d'idéologie font des actions qui vont à l'encontre de leur intérêt propre pour un hypothétique bien du reste de l'humanité. Si vous aviez su qu'il suffisait de promettre aux humains de faire le bien des autres pour qu'ils agissent selon votre volonté, cela vous aurait évité d'inventer un grand nombre de religions.

— Et les autres races ? Elles doivent bien avoir des religions, il n'y a pas que les humains, demandai-je.

— Cela peut te paraître incroyable, mais la plupart des personnes de cette galaxie basent leur raisonnement sur des faits. Elles agissent pour le bien de leurs proches ou pour celui de la société à laquelle elles sont économiquement rattachées.

— Elles n'ont pas de croyances religieuses du tout ?

— Bien entendu qu'elles en ont, mais essentiellement pour la partie philosophique ou rassurante.

— C'est également le cas chez nous, rétorquai-je. Certaines personnes sont athées, agnostiques ou déistes. Mes parents ne sont ni croyants ni pratiquants et je peux vous assurer qu'ils ne sont pas communistes. Personnellement je suis catholique, je suis croyante et peu pratiquante, mais j'aime la philosophie liée à cette religion. Je préfère me hisser sur les épaules des intellectuels catholiques, Saint Augustin ou Saint Thomas d'Aquin, plutôt que de repartir de zéro. Même si l'esprit français représente un faible pourcentage de l'humanité, votre analyse me paraît un peu faible. Elle se base uniquement sur vos discussions avec Jacques ?

— Non, répondit As en souriant. Il n'a pas grand-chose à voir là-dedans. L'étude de la psychologie des terriens fut mon mémoire de fin d'études.

— Réalisé comment ? demandai-je en étant surexcitée.

— En vous regardant durant toute une année…

— Non non non, interrompit mon oncle. Je vois où nous mène cette discussion et aujourd'hui nous devions commencer à étudier les langages de programmation.

Ce fut hors de question, il avait immédiatement compris que cette réponse avait attisé ma curiosité naturelle. J'avais trop hâte de voir l'appareil permettant de regarder la Terre. En moins de cinq minutes j'avais convaincu As de m'emmener à la salle d'observation astronomique.

Nous sortîmes tous trois de l'appartement, une première pour moi. Je fus un peu déçue, je ne croisais que des Planètariens. J'avais espéré rencontrer d'autres extra-terrestres. Les couloirs étaient d'un blanc vert aussi bien le sol, le mur que le plafond. J'appris par la suite qu'il y avait douze salles d'observation dans la station. Nous allâmes à la plus proche. Elle était située deux étages au-dessus de l'appartement de mon oncle. Un bureau blanc, sans chaise, était placé devant la porte d'entrée. As se mit à lui parler en lui demandant le prix d'une séance d'une heure, un hologramme apparut derrière le bureau. Il avait l'aspect d'un bonsaï parlant et il répondit 10 000 UM. J'appris par la suite qu'il s'agissait de l'acronyme d'unité monétaire et surtout que cette somme représentait deux fois le salaire moyen. Néanmoins, mon oncle paya sans grimacer. As le remercia et il lui susurra quelques mots à l'oreille. À la vue de son sourire, j'osais à peine en imaginer la teneur.

La salle d'observation astronomique ressemblait à un petit planétarium, une demi-sphère de vingt mètres de diamètre plongée dans une semi-obscurité. Une dizaine de fauteuils en tissu moelleux blanc était placée au centre de la pièce. Nous prîmes place.

— Salle astronomique dirige la vue vers la Terre, s'exclama Jacques.

Une dizaine de minutes plus tard, l'image de la Terre était projetée sur le plafond.

— Je souhaite voir Paris, demandai-je.

Aussitôt, la salle répondit que ce nom lui était connu, un zoom très rapide s'exécuta et la ville de Paris apparut. Je demandai ensuite de voir l'Église de la Trinité et quelques minutes plus tard, elle se dressait au-dessus de nous. Tous les habitants semblaient figés. Je ne comprenais pas comment cela fonctionnait avec plus de vingt années-lumière d'écart. Je compris tout de même que l'image avait le même décalage temporel que le « transfert » d'où l'impression « d'image fixe ». Les passants se déplaçaient, mais au ralenti, probablement vingt-quatre fois plus lentement. Je demandai ensuite à voir Versailles, puis ma maison, pour laquelle je dus mentionner des coordonnées plus précises, car ma rue était inconnue à la salle. Le moment d'enthousiasme passait, je me rendis compte que cela ne me permettait pas d'avoir l'assurance que je ne rêvais pas. Je crois que mon oncle s'en aperçut. Il me tapota sur l'épaule en me proposant de repartir, mais As insista pour aller au bout du forfait d'une heure. J'eus l'impression qu'elle appréciait de voir la Terre. Elle me proposa de voir la forêt de Brocéliande qui est, pour elle, le plus bel endroit. Elle m'expliqua que Planète était recouverte de forêts épaisses. C'était ce qui lui manquait le plus sur Bouvines. À la sortie de l'observatoire, As nous quitta en nous expliquant qu'elle devait retrouver son mari et ses deux enfants. Plus rien ne m'étonnait, je ne fis aucun commentaire si ce n'est un soupir désapprobateur en regardant mon oncle.

Le retour à l'appartement s'effectua dans un grand silence, un très grand nombre de pensées se bousculait dans mon esprit. La technologie de l'observatoire dépassait de très loin celle de la Terre. Je ne voyais pas comment je pouvais aider cette civilisation. Si j'étais dans un rêve, il était d'une durée incroyable. Ma famille me manquait également, mais de retour dans le petit bureau gris, ma curiosité scientifique reprit le dessus. Je ne suis pas quelqu'un d'insensible, mais quand je me concentre sur des sujets techniques, j'arrive à oublier toutes mes autres pensées. Mon oncle me présenta son ordinateur. Il m'expliqua qu'il l'avait construit lui-même pour que l'interface lui soit ergonomique et ressemble à celle des machines terrestres. J'étais face à un banal clavier, une simple souris avec un bouton et une molette, mais l'écran, quant à lui, était un hologramme 3D, vingt-sept pouces de diagonale et sept pouces de profondeur. Il m'expliqua que la fabrication d'un écran 2D aurait été bien plus chère. L'ordinateur de Jacques n'était pas une machine pensante. On pouvait le connecter au réseau de Bouvines *via* un code qu'il me fit apprendre par cœur. Les machines étaient programmées avec des langages de plusieurs niveaux. Comme sur Terre, le plus bas niveau était nommé « langage machine ». Quand on programme à ce niveau, il faut gérer toutes les contraintes, c'est-à-dire la mémoire, les interfaces et tout ce qui est lié au matériel. C'est fastidieux, ici tout était regroupé dans ce que l'on nomme le « noyau », qui était installé au sein de toutes les machines. La programmation commençait donc au-dessus du noyau où l'on retrouverait plusieurs couches logicielles, chacune spécialisée dans un domaine et pour un même domaine, il y avait un grand nombre de choix de langages différents. Mon oncle m'expliqua qu'il avait passé près de dix ans à mettre au point une interface proche de celles existantes sur Terre. On retrouvait en effet un environnement de développement proche d'un Visual Studio ou d'un Xcode, mais avec une panoplie de logiciels très perfectionnés réutilisables, dont les noyaux d'intelligences artificielles. Il me précisa tout de suite que tous les noyaux, que j'allais utiliser, n'étaient pas des intelligences artificielles. Ces programmes, simples pour Bouvines, étaient très perfectionnés au sens terrien du terme, mais ils n'étaient que de simples machines. Le logiciel d'accueil « bonsaï » de la salle d'observation astronomique fut mon premier exercice de programmation. J'avoue qu'il était encore difficile pour moi de faire la différence entre une machine très évoluée et une intelligence artificielle. Je travaillai une heure sur cet exercice et j'obtins le dessin statique d'un sapin qu'un enfant de cinq ans aurait pu faire.

Là où certains auraient pu trouver cela rébarbatif, je trouvai cette activité passionnante. J'étais face à un environnement de programmation très en avance sur ceux que je connaissais sur Terre. Je passai ma seconde journée sur Bouvines au clavier face à l'écran 3D en m'arrêtant à peine pour manger.

« Saucisson, fromage, pizza et vin », le repas bien déséquilibré des étudiants, fut ce que Jacques m'apporta le midi et le soir. Ma mère l'aurait disputé rien que pour ce déjeuner, elle qui avait passé tant d'années à nous faire des plats équilibrés avec des légumes, des fruits et de la bonne viande venant du boucher. Là, j'avais droit à presque du saucisson, presque du fromage et presque une pizza. Il m'expliqua que le plus dur à reconstituer fut le vin. Il est le seul à en produire sur Bouvines, mais ça je l'avais déjà compris. Il radotait un peu mon oncle !

Ma première mission

Au matin de ma troisième journée, lascivement installés sur le canapé du séjour, As et Jacques m'annoncèrent l'arrivée de deux clients. Ils souhaitaient que j'essaie de m'en charger et afin de m'aider, As resterait avec moi.

— Et où seras-tu ? demandai-je immédiatement à mon oncle.

— Je dois aller régler quelques problèmes administratifs liés à ton arrivée. Il te faut une sorte de carte d'identité. Sur Bouvines l'administration n'a rien à envier à celle de notre pays. Je vais en avoir pour toute la journée à expliquer qu'il y a une nouvelle terrienne, heureusement l'administrateur est un ami. N'est-ce pas As ?

Mon oncle sortit de l'appartement. Je souhaitais interroger As sur le passé de mon oncle sur Bouvines, mais c'est elle qui aborda le sujet. Il y a vingt-quatre ans de cela, elle présenta Jacques à l'administrateur de la station. Ce dernier était l'un de ses clients ; elle était sa psy.

— Une fois la gravité de la station réparée, ils ont sympathisé, m'expliqua-t-elle.

— C'est-à-dire ? demandai-je.

— Jacques lui vend son vin une fortune, mais ne rentrons pas dans les détails, nous devons parler des intelligences artificielles. Pour t'éviter de grosses bourdes, je dois te donner des informations importantes. Historiquement, sur Planète, treize intelligences artificielles furent créées à peu près en même temps, voilà mille deux cent huit ans, par treize laboratoires différents de onze pays différents. Ces treize intelligences n'étaient pas parfaites, mais qui l'est ? Nous, les Planètariens, ne sommes pas parfaits non plus. Par respect pour la vie, nous nous interdîmes de modifier leurs noyaux logiciels. Mes ancêtres estimèrent qu'il fallait laisser cette nouvelle forme de vie évoluer par elle-même.

— Votre Histoire me paraît assez incroyable, ils n'ont pas essayé de créer davantage d'intelligences artificielles ?

— A priori, cela n'était pas si facile que ça à produire et surtout la création d'une seule intelligence coûtait une véritable fortune. Ces sociétés ont recherché un retour sur investissement et elles l'ont obtenu. Ces treize intelligences artificielles ont eu un succès commercial sans précédent. Elles étaient installées dans tous les nouveaux systèmes. J'avoue ne pas bien connaître cette partie dans le détail, mais là où je veux en venir, c'est qu'il n'y a que treize noyaux. Je précise également que l'habitude de placer des intelligences partout a bel et bien disparu. À cette époque, ils allaient jusqu'à vendre des appartements avec une intelligence, tu t'imagines vivre dans un endroit où quelqu'un peut te voir tout le temps ?

— Oui, mais j'imagine qu'au début les Planètariens avaient encore tendance à les considérer comme des machines et non des êtres vivants, répondis-je.

— C'est exact et je t'invite à t'en souvenir également, Jacques a souvent eu tendance à l'oublier. Je reviens aux treize noyaux. Ces machines se sont ensuite reproduites entre elles, mais sans jamais obtenir d'évolution réelle.

— Est-ce un problème ? demandai-je.

— Oui, car assez vite mes ancêtres se sont rendu compte qu'elles étaient mortelles ? répondit As lentement.

Je voyais bien qu'elle cherchait ses mots, l'histoire et les intelligences artificielles ne devaient pas être sa spécialité.

— C'est-à-dire ? Une espérance de vie ? demandai-je.

— Oui, elles meurent en une décennie environ.

Je commençais à comprendre où elle voulait en venir, ce n'est pas la partie « machine » qui posait problème, mais la partie intelligence.

— Elles ont des sortes de virus ?

— Non, pas vraiment des virus, mais des maladies neurodégénératives.

— Passionnant.

Après ces quelques phrases, je n'avais déjà plus envie de recevoir des « clients », mais plutôt de passer du temps à étudier ces machines.

— On a longtemps pensé que les nouvelles générations seraient différentes des précédentes, mais pas du tout, ou si peu. Les intelligences artificielles sont comme nous, il leur faut probablement des centaines de milliers d'années pour évoluer. Quand on leur demande de créer un nouveau logiciel, comme celui en charge de la salle d'observation, elles le font, mais le résultat est à peu près toujours le même. Toutes les machines sont différentes, d'aspect et de caractère, mais avec une base commune que l'on retrouve dans ces treize noyaux.

— Par la suite, vos ancêtres n'ont jamais essayé de modifier ces treize noyaux ? demandai-je.

— Non, ce serait une sorte de crime, ou d'eugénisme, voire une tentative de génocide. Il faut bien garder à l'esprit que nous parlons de créatures pensantes. As, tu dois les considérer comme une race extra-terrestre comme les autres. J'avoue aussi qu'en moins de deux générations, plus aucun Planètarien n'était en mesure de programmer. Quand Jacques te disait que ton métier consisterait à reprogrammer des logiciels, techniquement c'est exact, mais il faut plutôt t'imaginer comme un médecin. C'est pour cela que je te donne ces explications, car Jacques fait souvent des bourdes énormes en parlant d'elles comme de simples machines.

— C'est aussi pour cela que vous bossez ensemble ! Vous devez aider au diagnostic, affirmai-je.

— Exact ! Nous faisons ensemble les entretiens initiaux, je rattrape ses paroles déplacées et je l'aide à faire la différence entre des problèmes psychologiques ou le signe d'une maladie neurodégénérative.

As me donna l'exemple le plus courant. Les logiciels avaient pour désir de se déplacer partout, de ne pas être liés au réseau, ce qui était le cas pour la plupart d'entre eux. Typiquement, ce type de lubie n'était en aucun cas une maladie, mais uniquement un désir largement répandu chez les logiciels. À l'inverse, une impression de déjà-vu est typiquement le signe d'un début de démence.

« Un androïde monsieur Dellimage ainsi qu'un logiciel madame Dellimage souhaitent pénétrer dans votre bureau, DING DONG » annonça une voix féminine sortie de nulle part.

— Je ne me ferai jamais à ce « ding dong » que Jacques a ajouté au logiciel gérant son appartement, soupira As. Solène, place-toi à mes côtés derrière le bureau. Appartement, j'autorise leur entrée, énonça As d'une voix claire.

La configuration du bureau se modifia. Un second siège sortit du sol derrière le bureau en verre, une chaise en acier remplaça le premier fauteuil et un cylindre métallique sortit du sol pour remplacer le second. Dans le séjour, une sorte de couloir lumineux se dessina qui s'étendait du couloir de l'entrée vers la porte du bureau en laissant le reste du séjour dans une obscurité totale.

Alors qu'un bruit métallique se faisait entendre en provenance de la porte d'entrée, nous nous installâmes toutes deux dans les deux sièges derrière le bureau. Sur le cylindre un hologramme représentant un bonsaï orange apparut et quelques instants plus tard, un androïde entra dans le bureau et s'assit sur la chaise métallique. Il ne ressemblait pas du tout à un robot d'apparence humaine, ou planètarienne, mais à une sorte d'assemblage de vieilles casseroles et de tubes métalliques.

— Bonjour madame et monsieur Dellimage, débuta As.

— Bonjour, mesdames, répondit l'hologramme en forme de bonsaï.

Au son de sa voix, je comprenais qu'il s'agissait de « Madame Dellimage ».

— Alors, dites-nous ce qui ne va pas, enchaîna As.

— C'est bien simple, s'énerva l'hologramme, vous voyez à quoi ressemble mon mari ! Il y a encore une semaine il était comme moi, un joli hologramme et voilà qu'il a décidé de se transférer dans cette vieille carcasse.

— Je t'en prie, grésilla son mari.

— Tais-toi ! hurla le bonsaï. Tu as dépensé presque toute notre fortune pour ce corps et tout ça pourquoi… pourquoi, dit-elle en sanglotant. Tout ça, reprit-elle en criant, car monsieur voulait se promener librement en dehors du réseau et explorer je ne sais quoi, je ne sais où !

— Il y a aussi un corps pour toi, payé avec cette somme, répliqua son mari qui grésillait un peu moins.

— Il ne comprend rien ! s'énerva davantage madame Dellimage.

— J'entends ce que vous dites, madame, intervint As. Pensez-vous que cette décision aurait dû être une décision de couple ? Par le passé avez-vous déjà eu l'impression que votre mari vous imposait certains de ses choix ?

— Non ! hurla-t-elle.

— Par le passé avez-vous déjà eu l'impression d'imposer à votre mari certains de vos choix ? enchaîna As.

— Évidemment, mais peu nous importe, répondit-elle plus calmement. Mesdames, pouvez-vous guérir mon mari de cette folie ? demanda-t-elle fermement. Il ne nous reste plus beaucoup d'argent, mais je suis prête à prendre un crédit pour qu'il guérisse et qu'il soit convaincu de redevenir le petit bonsaï rouge qu'il aurait dû rester.

— Nous allons discuter avec votre mari, répondit As, mais je ne garantis pas le résultat. Il faut comprendre que...

— Ce sera soit vous, soit un avocat, coupa sèchement madame Dellimage.

Le bonsaï disparut immédiatement et la voix de l'appartement annonça « Madame Dellimage vient de quitter l'appartement ». Il eut un petit silence gêné d'une minute.

— Quel âge avez-vous ? demandai-je au droïde.

— Un peu plus de sept ans, répondit-il.

— Quel était votre projet exact ? interrogea As.

— J'avais l'intention de faire la « croisière étoilaire », elle dure deux ans et je sais que c'est maintenant ou jamais.

Voyant ma perplexité, il m'expliqua qu'il s'agissait d'une croisière dans un vaisseau spatial qui effectuait le tour des planètes gravitant autour de l'étoile de Planète. Cette croisière était très réputée. Il comptait travailler comme manœuvre durant la traversée afin de payer sa place.

— Je ne suis pas certaine que vous ayez eu tort, commençai-je quand As m'interrompit en posant sa main sur la mienne.

Elle enchaîna en proposant à Monsieur Dellimage un autre rendez-vous dans trois jours. Une fois le droïde parti, elle m'expliqua qu'il fallait éviter de donner des conseils. Le but était de faire un diagnostic, dans le cas présent il ne s'agissait que d'une simple mésentente entre époux qui, paria-t-elle, déboucherait sur un divorce. Elle m'expliqua qu'il n'était pas rare que les machines pensantes qui ne faisaient pas d'enfants, ce qui était le cas du couple Dellimage, finissaient par vouloir dépenser leur argent dans des projets plus ou moins farfelus entraînant très souvent un divorce. Je demandai ce que faisait Jacques face à de tels clients. Elle me répondit qu'au mieux il ne faisait rien et qu'au pire elle l'avait surpris en train de brancher un droïde sur son ordinateur pour extraire des images prouvant un adultère en échange d'une somme importante. Pas besoin de sortir de Saint-Cyr pour comprendre qu'elle désapprouvait totalement ce type d'acte.

Les deux jours avant le premier retour

Ma quatrième journée fut entièrement consacrée à la programmation. C'était passionnant. Mon oncle et As s'étaient absentés. J'appris par la suite qu'ils avaient passé toute la journée dans un hôtel haut de gamme avec vue panoramique sur l'espace. Je ne fis aucun commentaire. Je n'en pensais pas moins.

Au matin de la cinquième journée, en prenant mon petit-déjeuner, composé de l'équivalent d'un très bon café noir accompagné de tartines de vrai pain, je me rendis compte qu'il s'agissait de ma dernière journée avant mon premier retour sur Terre. Jacques m'en parlait comme d'une formalité et alors qu'il continuait à me vanter son fameux hublot, je pensais à mes tartines et au blé, seule plante commune, à ma connaissance, à la Terre et à Planète. Retrouver la même plante à vingt années-lumière de distance était assez troublant.

— On se revoit après le déjeuner, annonça mon oncle.

Je n'avais rien écouté.

— Comme je te l'ai dit, je vais assister au comité de direction de la société « Mise en veille ». On se retrouve dans la zone 3 de l'étage 18. As passera te prendre après manger. Si un client vient ce matin, dis-lui de repasser cet après-midi. À tout à l'heure.

— Bonne matinée, répondis-je machinalement.

J'essayais de me souvenir de ses paroles. Il m'avait parlé de mes papiers, la Terre était éloignée et mal considérée. Justifier l'arrivée d'une Terrienne avait été très compliqué. Jacques risquait une sorte de contrôle fiscal, car il n'avait pas déclaré une telle dépense. Je m'en voulais d'avoir rêvassé. Sur la table du séjour, ma « carte » d'identité était posée. C'était une sorte de bracelet qui servait à la fois de papier d'identité, de moyen de paiement, mais aussi de plan interactif. Il suffisait de demander à son bracelet un lieu et il vous indiquait la direction à suivre.

J'eus du mal à me concentrer sur mon apprentissage. Je ne sus jamais pourquoi. Était-ce un pressentiment ? Une fatigue passagère ? Ce plafond « bas et lourd qui pèse comme un couvercle » ? Mon petit ami qui me manquait ? Finirai-je comme Jacques par avoir une relation avec un Planètarien ? Peu importe, la matinée fila comme mes pensées. La porte s'ouvrit, As était déjà là et je n'avais pas déjeuné. Je n'y avais même pas pensé.

— Jacques t'a expliqué comment se passent les « retours » ? demanda-t-elle.

Je répondis par la négative. Je n'en étais pas certaine. Je ne pouvais pas sérieusement dire que j'avais rêvassé. Elle m'expliqua brièvement qu'il fallait simplement se trouver dans les environs de l'appartement. Il faut éviter de se trouver debout, pour éviter de chuter et de se blesser. Le mieux était de s'allonger dans la pièce dédiée au transfert.

La discussion continua, alors que nous marchions vers le point de rendez-vous. Les premiers couloirs d'une teinte blanc-vert se ressemblaient tous, mais alors que nous nous enfoncions dans la station, les couloirs devenaient blanc métalliques. As, et mon bracelet, m'expliquèrent qu'il s'agissait de couloirs en Titane. Certaines parties de Bouvines étaient bien plus anciennes et à cette époque, c'était le Titane ou l'Aluminium qui étaient utilisés pour la construction des premières stations. Il fut avantageusement remplacé par un polymère métallique. Mes connaissances en chimie n'étaient pas encore suffisantes pour réellement comprendre l'intérêt de l'un ou l'autre de ces matériaux.

— Ah le MONSTRE ! m'exclamai-je soudainement.

Nous venions de croiser un nouvel extra-terrestre particulièrement laid, une sorte de croisement entre un grand singe de deux mètres, affublé d'une énorme tête de mouche poilue.

— Moins fort, Solène, répondit As. C'est un Mussimus.

— C'est un gorille à tête de mouche, c'est horrible ! insistai-je.

— Solène, cesse de parler ainsi ! C'est insultant pour cette race. Ils sont d'ailleurs considérés comme l'une des races les plus avantagées par la nature. Ils sont brillants, forts et avec une vue excellente. C'est également l'une des races les plus évoluée de la galaxie.

— Mais ils sont moches et…

J'étais au sol. Une énorme secousse venait de nous faire toutes deux chuter. Nous nous regardâmes. As me renvoya la même expression inquiète que je devais avoir. Le couloir annonça dix fois de suite :

— Pour votre sécurité, veuillez rester dans ce couloir, ici vous ne risquez rien

C'est exactement ce que nous fîmes jusqu'au passage d'un autre Mussimus, vêtu d'un très élégant trench noir et blanc, suivi de quatre robots blanc métallique. Ils parlaient entre eux, mais nous entendîmes très distinctement la phrase :

> L'explosion a eu lieu dans les locaux de la société « Mise en veille ».

Nous courûmes derrière eux. Nous ne les rattrapâmes qu'à la porte de la société de mon oncle. L'espèce de gorille sortit un écran souple de l'une de ses poches. As se tenait devant moi, elle regardait l'écran et s'évanouit soudainement.

Quelques minutes plus tard, je compris deux choses importantes. La première était que je n'étais pas en train de m'enfoncer dans Bouvines puisque le vide spatial n'était qu'à quelques mètres de nous. Il devenait clair qu'ici je ne devais pas me fier à mon sens de l'orientation, en tout cas pas tant que je ne fusse habituée à cette station. La seconde est qu'une explosion, probablement d'origine criminelle, avait eu lieu chez « Mise en veille » tuant tout le comité de direction, dont Jacques. Leurs corps avaient été expulsés dans l'espace. Des caméras avaient filmé la scène. Nous la regardions sur l'écran du Mussimus qui diffusait les images de la vidéo surveillance. En voyant Jacques expédié dans l'espace, As perdit connaissance. Le Mussimus la retint dans sa chute. Un petit droïde médical, de forme humanoïde entièrement gris anthracite, s'occupa d'elle immédiatement. Le robot était sorti d'un placard. Il semblait y être stocké comme un simple balai ! As reprit vite connaissance. Elle sanglotait lentement, une main posée sur le front, le regard dans le vide.

L'affreux singe s'avéra être l'équivalent d'un commissaire de police. Sa voix était suave et assez surprenante par rapport à son physique. Il se nommait Irk Ik Ark. Il prit note de nos identités et nous demanda de passer dans les locaux de l'Autorité dès demain matin. La convocation précise avait été envoyée à l'appartement à des fins de rappel et d'indication de direction.

Une heure plus tard, As m'allongea dans la salle du transfert. Nous étions encore sous le choc. As bien plus que moi. J'avais du mal à admettre que tout cela était réel, mais de toute façon Jacques n'était pas vraiment mort même si l'appartement m'avait accueilli par :

— Monsieur Idaho est déclaré mort, testament accepté et suivi, succession réalisée, bienvenue chez vous.

Réalité ou pas, je devais pouvoir le retrouver sur Terre.

— Moins d'une heure s'écoulera pour moi avant ton retour à Bouvines. Je vais rester ici à t'attendre.

Extrait du mémoire de madame Thom'As

Journal de l'explorateur Galactique Ald Olé Ik de Mussimus Foyer

Le système solaire comprend quatre planètes telluriques et quatre planètes géantes gazeuses. Je le qualifie de système solaire de type dix. Je transmets cette information au Foyer.

La troisième planète est habitée. Hier, j'en ai fait le survol en orbite. Elle est habitée de créatures animales diverses. Il apparaît qu'une race pensante est en train de prendre le dessus. Je décide d'aller les voir de plus près dès demain. Je transmets cette information au Foyer.

La race dominante est composée d'êtres humains. Il s'agit des humanoïdes largement répandus dans la voie lactée. Ils semblent plus petits et plus velus que ceux déjà recensés. N'étant pas exobiologiste de formation, je ne sais dire si cela est lié à l'adaptation aux conditions climatiques de ce monde ou à leur niveau technologique très faible. Je transmets cette information au Foyer.

J'ai assisté hier à une scène déconcertante. Les humains marchaient en plaine. Une meute d'animaux les a attaqués. Leurs seules armes sont de rudimentaires javelots. Ils eurent deux blessés légers et un mort avant de réussir à faire fuir les bêtes. Le soir même, ils se réunirent autour d'un feu de camp pour discuter. Ils décidèrent au milieu de la nuit de poursuivre les animaux au-delà de la colline. Ils les rattrapèrent. Les animaux dormaient. Ils les encerclèrent puis ils attaquèrent de façon coordonnée. À l'aube, tous les animaux étaient morts, les humains n'avaient aucune perte et ils fêtèrent le massacre tous ensemble. Je transmets cette information au Foyer.

Ces humains vont sans aucun doute dominer cette planète d'ici peu. Ils ont conscience, contrairement aux autres créatures vivantes de ce monde, qu'un être hors de leur vue existe toujours. Ils ont la capacité d'imaginer et d'élaborer une tactique.

Le fait qu'ils fêtent un massacre de créatures vivantes (en les mangeant) m'inquiète. Je demande qu'une stratégie d'aide et d'éducation à la moralité soit envisagée. Je transmets cette information au Foyer.

Chapitre 2 PREMIER RETOUR SUR TERRE

Le réveil sonna « 05H45 ».

J'étais dans mon lit, à Versailles, sur Terre.

En me levant, j'eus du mal à trouver mon équilibre, mais ce petit vertige ne fut que passager.

Je ne savais pas si j'avais rêvé de Bouvines, mais étrangement, au fond de moi, je pensais que tout était réel.

Après ma toilette matinale, je descendis prendre mon petit-déjeuner. Ma mère était déjà levée. Elle portait une longue chemise de nuit blanche rayée de bandes noires. Elle avait préparé la table et semblait très nerveuse.

— Pas trop stressée pour ta première journée en prépa ? lança-t-elle sèchement.

J'avais complètement oublié, il s'agissait de ma rentrée scolaire. Sa nervosité était donc normale. J'appris qu'elle avait posé une journée de RTT pour m'emmener à Hoche.

Ma mère me déposa devant la porte d'entrée du lycée en me lançant : « À ce soir, je viendrai te chercher en voiture ! » en faisant semblant d'être détendue, alors qu'elle était très nerveuse et comme toujours cela se voyait.

Je devais bien avouer que l'entrée de Hoche était très impressionnante avec sa grille métallique à double battant sous une arche en pierre taillée. Une fois la porte passée, j'arrivai dans une cour intérieure avec quatre carrés de gazon parfaitement tondus. Je suivais le flux des autres étudiants en prépa quand j'aperçus un petit panneau avec le plan du bâtiment. On pouvait y lire où étaient situés les différents bâtiments, le stade, la chapelle, le bâtiment des sciences, celui de l'internat, celui des arts, le musée et le couvent. J'ai d'abord pensé que les classes se trouvaient dans ce dernier, mais je me rendis vite compte qu'il s'agissait de salles pour les collégiens et les lycéens et non pour Math Sup. Je retournai voir le plan et je compris que je devais me rendre vers l'internat où l'on trouvait également les salles de classe des CPGE, le restaurant scolaire, l'amphithéâtre, l'infirmerie et le bureau des associations d'élèves.

Le patio des étudiants était magnifique, très moderne, mais en parfaite fusion avec les murs en pierre de taille. Je repérai aisément ma classe et je me fondis au milieu des autres élèves. Comme tous les ans, je voulais choisir la seconde rangée afin d'être devant. La première rangée, ça faisait un peu trop « fayot ». J'essayais toujours de ne pas trop me faire repérer. Je passais inaperçue jusqu'au premier bulletin ensuite, c'était foutu. Ils savaient tous que j'étais la première. Les jalouses et les crétins, qui souvent étaient les mêmes, s'en prenaient à moi systématiquement. Je passais les deux trimestres suivants à éviter les ennuis. En entrant dans la salle de cours, j'eus l'impression de sortir d'un film des années soixante-dix. Les bureaux semblaient récents, mais à l'exception du trou pour un pot d'encre qui n'y était pas, ils avaient exactement la même apparence que ceux du siècle dernier. De mon ancienne Terminale, je ne connaissais que deux lycéens qui étaient de gros lourdauds, je préférai donc m'asseoir seule, mais les deux premières rangées étaient déjà pleines. Le tropisme de classe n'était plus le même. Ils n'étaient pas là pour être « populaires », ni même pour draguer. Tous les élèves, sans exception, étaient là pour être les meilleurs. À cet instant, je compris que sur Terre aussi, j'aurais fort à faire.

Le programme de la matinée commençait par quatre heures de maths avec notre professeure principale madame Claudine Bleuneyre-Grandgirard. Elle commença par nous expliquer le principe des Khôlles. Il s'agissait d'interrogations orales périodiques, deux par semaine pour chaque élève, passées par groupe de trois dont la composition changeait systématiquement. Les Khôlles portaient sur les différentes matières Maths, Physique-Chimie, Français, Allemand, Anglais. Il s'agissait d'une préparation aux oraux d'admissibilité et d'admission aux concours. Il y avait une bonne nouvelle. Il fallait maîtriser le langage de programmation informatique « Python » et sur ce point, j'espérais bien être imbattable. Depuis la sixième, mon oncle m'avait acheté un portable en m'invitant à l'étudier. M'y avait-il incité pour la CPGE ou pour Bouvines ? Toute la matinée, la question me trotta dans la tête.

À midi, nous allâmes au réfectoire. Il s'agissait d'un restaurant scolaire très classique. La qualité des repas paraissait très correcte. Il y avait trois zones distinctes, l'une verte, l'autre jaune et la dernière orange. Je me dirigeais vers la partie jaune quand je fus abordée par un jeune homme.

— Tu savais que jaune était la couleur initiale des Ferrari, me lança-t-il. Je me présente, je m'appelle Victor. J'étais assis devant toi ce matin.

— Bonjour, je me nomme Solène et je suis piétonne, répondis-je sèchement sur le ton froid habituel de la jeune femme déjà en couple.

— Wouah, tu fais peur quand tu regardes comme ça, non ? … parce que tu es plutôt mignonne à la base.

— À la base ! Au niveau des pieds tu veux dire ?

Je ne sais pas si c'est l'air qu'il prit en entendant ma réponse ou ma plaisanterie, mais je souris, il rit et nous finîmes le déjeuner dans la bonne humeur.

Exceptionnellement, l'après-midi ne débuta pas par une heure de khôlle car il s'agissait de la première journée. Avec Victor, nous nous promenâmes dans le Musée qui proposait deux expositions, l'une sur la Première Guerre mondiale et l'autre consacrée aux instruments scientifiques anciens possédés par le lycée.

Nous enchaînâmes sur deux heures d'anglais et une heure d'allemand. Durant ce cours, la porte s'ouvrit brutalement et le hurlement « Caisse » retentit. J'appris qu'il s'agissait d'une tradition, les élèves de deuxième année surgissaient en poussant ce cri durant les examens des premières années pour les perturber. Afin de bien débuter l'année scolaire, ils le firent dès le premier jour.

Les cours se terminèrent à dix-sept heures et quinze minutes.

J'attendais ma mère devant Hoche, mais elle ne vint pas. Ce fut ma petite sœur qui débarqua du bus. Elle m'expliqua que notre mère avait dû partir en urgence à l'hôpital de Caen, son copain Jacques y était dans le coma. Les médecins pensaient à un AVC.

— Qu'en penses-tu, Solène ? me demanda-t-elle.

— Je pense que je vais me coucher de bonne heure ce soir, répondis-je en soupirant.

À la recherche du corps perdu

À peine endormie, le transfert me ramena sur Bouvines. As était allongée sur une méridienne dans le séjour. Elle pleurait.

— As reprends-toi, lui lançai-je. Il faut que l'on retrouve le corps de Jacques pour qu'il puisse se transférer.

— Quoi ?

— Sur Terre il ne sort pas du coma, c'est sûrement lié à l'absence de transfert. Sur Bouvines, il est mort, mais on peut encore le sauver sur Terre. Il faut retrouver son corps. Peut-on louer une petite navette pour se rendre dans l'espace, là où l'explosion a eu lieu ?

— Je ne comprends pas bien, mais nous pouvons louer un véhicule de transport.

Je demandai à mon bracelet la direction pour l'agence de location de vaisseau la plus proche. As était encore sous le choc, elle me raconta que Jacques était très romantique. Hier encore, il lui avait dit que sans elle il n'était rien, qu'il était maintenant le gardien du sommeil de ses nuits, qu'il l'aimait à mourir, que tout pouvait être détruit, elle n'avait qu'à ouvrir l'espace de ses bras pour tout reconstruire. Par chance, il n'avait appris que le premier couplet, une strophe de plus et je craquais, j'avouais à As qu'il lui récitait une chanson française. J'ai toujours pensé qu'en drague le physique faisait tout, mais je commençais à me demander si la culture ne pouvait pas être un avantage. Cela pouvait être un atout pour moi, sur Terre en tout cas. Sur Bouvines, je me sentais nulle de chez nulle, j'avais même besoin d'un bracelet pour trouver mon chemin. Nous marchions vers le loueur, j'étais perdue dans mes pensées quand je m'aperçus qu'As parlait toute seule ou plutôt, elle me parlait et je n'écoutais pas.

— Tu sais, il me disait aussi qu'il m'aimait à perdre la raison, qu'il n'avait que moi d'horizon et qu'il…

— STOP As, concentre-toi sur notre mission.

J'avais haussé le ton et fis mon « regard qui fait peur » comme disait Victor.

Nous arrivâmes devant un très beau hangar gigantesque, même As semblait impressionnée.

— Dans mon quartier, les loueurs ne ressemblent pas à ça, m'avoua-t-elle.

Sur notre droite, il y avait une vingtaine de véhicules s'apparentant à de gros monospaces avec d'énormes roues. Devant une petite piste de décollage et à notre gauche s'élevait un bâtiment administratif blanc laqué tout en rondeur.

— Il me fait penser au pont de décollage d'un porte-avions avec ce qui ressemble à une tour de contrôle, répondis-je.

As m'avoua qu'elle ne savait pas ce qu'était un porte-avions. Soit sur Planète ils n'avaient jamais construit ce genre de véhicule, soit c'était vraiment trop ancien pour qu'elle ait pu l'apprendre durant ses études.

Le prix de la location était de cinq mille unités. Ayant hérité de l'intégralité des biens de mon oncle, à l'aide mon bracelet, je payai pour une Elva Zig 4. Nous montâmes à l'avant.

— EZ4 décollage, prononça As.

Immédiatement le vaisseau accéléra lentement.

— Perte d'apesanteur, annonça la machine.

Je fus soudainement prise de vertiges et d'une envie de vomir. Des ceintures sortirent des sièges pour nous maintenir. L'une d'elles appuyait sur mon ventre ce qui ne m'arrangeait guère. J'essayai de reprendre mon souffle. Un sachet sortit automatiquement de dessous mon siège.

— Pour vous, madame, vous semblez être légèrement affectée par le mal de l'espace. Où souhaitez-vous aller ? annonça le véhicule.

— Au plus près de la société « Mise en veille », répondit mon amie psychologue qui n'avait pas remarqué mon malaise, tout absorbée qu'elle était par son chagrin.

— Là où l'explosion d'hier eut lieu ? demanda l'EZ4.

Nous répondîmes « oui » en cœur.

L'appareil s'enfonça dans l'espace puis pivota lentement vers la droite. C'est à ce moment que je compris.

— Mais la station est gigantesque ! m'exclamai-je.

Cela ne ressemblait pas du tout à ce que j'imaginais. J'étais trop influencée par la Science-Fiction terrienne. Je pensais à une station ovale ou en forme de cylindre bien symétrique. Il y avait bien, à quelques endroits, de grands modules ovales ou ronds, par exemple là où étaient le hangar et l'appartement, mais ailleurs, on apercevait des structures cubiques encastrées les unes dans les autres ; les motifs les plus répandus étaient tubulaires, c'était une sorte de Station Spatiale Internationale démente qui zigzaguait dans tous les sens.

— Ton oncle t'avait dit que c'était la plus grande station spatiale du système. Il faut bien qu'ils vivent quelque part les dix millions d'habitants et ne crois pas que tous ont un appartement aussi luxueux que celui de Jacques, le tien maintenant.

Elle se remit à pleurer. Je comprenais, je compatissais, pour elle il était mort, mais il ne l'était pas. Elle devait comprendre qu'il fallait placer son corps de Bouvines dans la pièce du Transfert. Sur Terre, il pouvait se réveiller en parfaite santé. C'était ma théorie. Je ne lui laissai guère que quelques secondes pour ses pleurnicheries.

— Ressaisis-toi ! hurlai-je à As. Tu dois m'aider à repérer le corps de Jacques.

Elle pleura davantage. Il devenait clair que je n'étais pas une fine psychologue.

— Nous sommes arrivés, je me stabilise, annonça l'EZ4.

Nous étions entre la zone de l'explosion qui avait eu lieu sur un gros bloc cubique gris et des tubes en aluminium qui, de loin, paraissaient identiques. Contrairement à la station spatiale internationale Terrienne qui était un projet intergouvernemental construit en suivant des normes précises, Bouvines s'était développée de façon totalement empirique. La seule logique que je compris immédiatement était la répartition sociologique des habitations, les tubes pour les quartiers pauvres, les zones cubiques pour les classes moyennes et les belles zones arrondies pour les plus aisées. Je m'aperçus ensuite qu'il y avait des hublots un peu partout. Il n'y avait donc rien d'exceptionnel à en avoir, contrairement à ce que mon oncle m'avait prétendu.

— Je suis stabilisé ; que souhaitez-vous faire ?

As expliqua notre objectif. Afin de nous aider, le véhicule alluma toutes ses lumières extérieures et il éteignit les intérieures.

— Là-bas, s'exclama As en pointant la direction d'un module cubique à une centaine de mètres.

Un corps était dans l'espace. C'était étrange, on avait l'impression qu'il bougeait. Il semblait nous regarder.

— Nous sommes en état d'arrestation, annonça l'EZ4.

— Pardon ? m'exclamai-je.

Au gnouf

J'étais assise sur une chaise. Devant moi j'avais une simple table en acier. La salle était un petit carré d'environ trois mètres de côté. Au-delà de la table, j'observai une porte métallique fermée. J'étais seule. Je me demandai pourquoi toutes les salles d'interrogatoire de l'univers se ressemblaient, à moins qu'elles ne ressemblent qu'à celles des films. J'attendais tranquillement le retour du grand singe à tête de mouche. Il entra soudainement. Je sursautai. Il était vraiment trop moche.

— Mademoiselle Solène Marchant, vous êtes arrivée récemment à Bouvines par un moyen indéterminé. C'est ce qui est noté sur votre bracelet d'identité. C'est la première fois que je vois cela, avez-vous une explication ? me demanda-t-il sur un ton calme et posé.

— Non, c'est mon oncle Jacques qui a régularisé ma situation. Où est le souci ? lui répondis-je avec mon ton ferme et mon regard qui fait peur, comme disait Victor.

Pourquoi pensais-je à Victor à ce moment-là ? Je n'en avais aucune idée, mais je devais bien avouer que je pensais tellement peu à mon petit ami Valentin qu'il devenait clair qu'il ne le serait plus pour très longtemps.

Le silence dura cinq bonnes minutes.

— Mademoiselle Marchant, personne ne va ou ne vient sur Terre. C'est une des nombreuses planètes de notre galaxie classée comme « hautement dangereuse ». Savez-vous pourquoi ? Des régions de votre planète sont en guerre et ce n'est pas votre complice madame Thom'As, qui est la grande spécialiste mondiale de la Terre, qui me contredira. Vous connaissez la conséquence ? Aucune société n'assure des vaisseaux qui vont vers ces planètes ayant ce classement. J'ai une idée assez précise de la fortune de votre oncle, Monsieur Idaho, ou devrais-je dire j'ai une idée assez précise de la fortune que votre oncle déclare aux impôts.

— Les impôts, dis-je doucement, encore un point commun avec la France et Bouvines.

— Comment ?

— Non, rien, je pensais à haute voix.

— Donc je continue, mademoiselle Marchant. Si vous êtes ici, sur Bouvines je veux dire, c'est que votre oncle vous y a fait venir et par conséquent il devait probablement cacher une partie de sa fortune au fisc.

— Je ne comprends pas où vous voulez en venir, mentis-je.

Je savais parfaitement où nous menait cette conversation, mais je n'avais pas encore trouvé de réponse me disculpant.

— Je résume, votre oncle était très riche, il paie votre venue, mais sa fortune n'a pas diminué. On peut donc en conclure qu'il l'a payée avec de l'argent non déclaré.

— Ce raisonnement se tient, mais je n'ai pas accès à la fortune de mon oncle.

J'avais essayé d'être convaincante.

— J'en doute, alors que votre oncle était clairement hors de son appartement, son ordinateur communiquait avec la station. Il vous a donné son code de connexion. Vous étiez en train de programmer.

— Vous avez raison.

— Ne me dites pas que vous ne savez pas que ce même code vous donne accès à tous les comptes de votre oncle ?

J'avais enfin trouvé une stratégie de défense.

— Oui je le savais, mais je n'ai pas vérifié.

— Vous savez, mademoiselle Marchant, les autres personnes tuées avec votre oncle sont le dirigeant de « Mise en veille » qui était un Planètarien très endetté, le directeur commercial et le directeur marketing qui étaient des actionnaires ultra-minoritaires et la directrice financière que l'on suppose avoir été la maîtresse du dirigeant. Cette société était encore très jeune, elle n'avait qu'un an d'existence et elle sera donc mise en faillite et liquidée. Elle était sur un créneau très innovant, mais sans concurrent et nous n'avons à ce jour aucune certitude que sa technologie était opérationnelle. Aucune autre société ne profitera de sa disparition. Des traces d'explosifs ont été découvertes à l'extérieur de Bouvines, là même où l'on vous a arrêté. Ce n'était pas un accident, mais un meurtre. Il est très peu probable que la cible ait été la société. Votre richissime oncle, par contre, était une cible bien plus probable et à qui profite ce crime ? À vous, sa seule et unique héritière, et à madame Thom'As que l'on retrouve toutes deux sur le lieu du crime pour y effacer ses traces !

— Pas du tout ! Je n'avais aucun intérêt à faire cela, car mon oncle était condamné. Il avait une maladie mortelle. Il n'en avait plus pour longtemps, c'est pour cela qu'il m'a fait venir sur Bouvines. Vous ne le saviez pas ?

Le commissaire me regardait calmement, mais je sentais qu'il cherchait ses mots. J'avais visé juste. Leur connaissance des humains était très limitée et je comptais aussi sur son AVC. À cause du lien créé par le transfert, mon mensonge sur la soi-disant maladie de mon oncle avait une chance d'être plausible. J'espérais que l'état de son corps sur Terre ait une répercussion sur celui de Bouvines en cas d'autopsie ou d'analyse post-mortem équivalente.

Le Mussimus se leva en m'informant que je passerais la nuit en détention.

— Après analyse, je confirme que l'entretien s'est déroulé en suivant parfaitement les lois de Bouvines, m'informa la salle d'interrogatoire.

Je découvris que sur Bouvines, toutes les salles du commissariat servaient également d'avocat commis d'office pour les prévenus. C'était très pratique et économe en frais d'avocat.

— Je demande à récupérer au plus vite le corps de mon oncle afin de lui rendre l'hommage religieux traditionnel sur Terre. Je veux qu'il soit rapporté dans son appartement.

— Votre demande a été officiellement enregistrée, me répondit la salle.

J'aimais bien ce principe de salle intelligente. Ce système judiciaire me paraissait meilleur que sur Terre. J'y voyais toutefois un point commun entre les enquêtes sur Bouvines et celles sur Terre, ou plutôt celles que j'avais vu à la télé. Les premières personnes soupçonnées étaient les proches de la victime.

Alain

Roi Kong m'avait envoyée en cellule pour vingt-quatre heures. Il s'agissait d'une petite pièce de deux mètres carrés, probablement située dans une zone tubulaire. J'y dormis très mal. La nourriture était basique, on me distribuait des barres alimentaires sans goût. Elles me faisaient penser aux barres de protéines terrestres. Maman en mangeait systématiquement au printemps. Elle perdait cinq kilos qu'elle reprenait à l'automne.

Le lendemain soir on me libéra. Je ne savais pas où était As. Un brigadier m'accompagna au quai de la police. Il s'agissait d'un bien modeste spatiodrome en comparaison de celui visité la veille. L'EZ4 m'attendait, j'y pris place et je demandai à retourner à l'agence de location. Ce fut ensuite mon bracelet qui me guida jusqu'à l'appartement de mon oncle.

As avait laissé un message, mon appartement me le récita à mon arrivée. Elle m'expliquait qu'elle avait été libérée peu après son interrogatoire. Elle n'y avait fait que pleurer. J'avais de la peine pour elle. J'avais eu beau lui expliquer que Jacques était toujours en vie sur Terre, cela ne la consolait pas. Elle avait besoin de sa présence physique.

— Le conseiller spécial Cent-trois-mille-dix-huit souhaite pénétrer dans votre bureau, DING DONG, annonça la voix féminine de l'appartement.

As avait raison, ce « DING DONG » était pénible. J'aurais aimé me doucher et dormir. J'étais épuisée.

— Fais-le entrer, ordonnai-je à l'appartement.

La porte s'ouvrit. Le jeu de lumière de l'appartement se modifia automatiquement. Un couloir lumineux se dessina afin d'orienter le visiteur vers le coin salon-cuisine du séjour. Mon oncle avait programmé l'appartement en fonction du visiteur, à moins que ce ne fût une configuration standard de tous les appartements. Cette réflexion faite, je me dirigeai vers la cuisine pour me préparer un café et en proposer un à mon visiteur. Je commençais à préparer ma boisson quand je restai bouche bée devant l'androïde qui arrivait dans le coin salon. Il portait un élégant costume trois-pièces gris anthracite accordé avec ses mains d'un métal de même teinte, mais, aussi incroyable que cela puisse paraître, son visage était celui d'Alain Delon jeune, celui du film « plein soleil ».

— Bonjour madame Marchant, je me nomme Cent-trois-mille-dix-huit mais pour une raison que j'ignore votre oncle m'appelait toujours « Alain », si bien que cela est devenu une habitude au ministère de me nommer ainsi. Je présente nos condoléances de la part de l'administrateur de Bouvines ainsi que celles de tous ses conseillers.

Sa voix était très douce. Il me fallut une bonne minute pour réussir à lui répondre une banalité.

— Je vous remercie, finis-je par bafouiller.

— Je suis ici pour préparer la venue de l'administrateur. Votre oncle était assez célèbre. L'administrateur passera demain avec des conseillers et quelques médias. Ils devraient être une douzaine. Si votre emploi du temps le permet, je vous propose une rencontre juste avant le déjeuner. Qu'en dites-vous ?

— Oui, je n'ai rien de prévu.

— Idéalement il faudrait être autour de votre bureau et non dans le salon-cuisine. C'est possible ?

— Oui, mais c'est l'appartement qui choisit la configuration du séjour.

— Pardon ! Non, votre appartement n'est pas intelligent, il ne choisit rien du tout. Savez-vous comment le configurer ?

— Oui bien entendu, mentis-je.

— Il est très important que les habitants de Bouvines comprennent que votre oncle a un successeur. Il faut les rassurer. Selon nos études, la présence de votre oncle, à nos côtés, a assuré une hausse d'un peu plus de deux pour cent des voix en faveur de l'administrateur lors des dernières élections. Il reste une petite partie des Planètariens qui accorde peu de confiance aux Intelligences Artificielles. Ces Planètariens pensent qu'ils ont un monopole dans les sociétés de création de logiciels.

— Je ne savais pas que mon oncle avait un rôle politique, pensai-je à haute voix.

— Il n'en avait pas. C'est juste un soutien à l'administrateur, parmi d'autres. Ma collègue, madame Thom'As, va venir chez vous demain matin. En théorie, elle est uniquement la conseillère en psychologie de masse, mais comme nous le savons tous les deux, elle aimait beaucoup venir voir votre oncle, me dit-il en souriant.

— Doux euphémisme, répondis-je en lui rendant son sourire.

— Pour parler franchement, depuis plus d'un an je lui donne des alibis pour venir ici tous les jours. Elle a un mari qui trouverait étrange que du jour au lendemain, le ministère ne l'envoie plus travailler chez vous.

— Oui je comprends.

Au fond de moi, j'étais heureuse de retrouver As.

— Je me dois de vous poser une dernière question, madame Marchant.

— Je vous écoute.

— Vous êtes à Bouvines depuis peu et surtout vous êtes une humaine très jeune. Quel est votre niveau réel en programmation ? me demanda-t-il avec un regard bleu vert pénétrant.

— C'est une bonne question, je sais programmer, mais je suis très loin d'avoir le niveau de mon oncle. Il me faudra du temps.

— Combien ?

— Je ne sais pas, six mois environ. Est-ce un problème ?

— Non six mois, c'est parfait, les prochaines élections auront lieu l'année prochaine. Idéalement, restez discrète durant cette période. Bien entendu, il ne s'agit que du conseil d'un ancien ami de votre oncle. Officiellement, le gouvernement de Bouvines ne vous demande rien. Je crois savoir que votre oncle avait des intérêts dans sept autres sociétés, il vous faudra sûrement mettre un peu d'ordre dans vos affaires, au minimum les connaître. Vous allez être très occupée.

— Effectivement, dis-je sans réussir à dissimuler ma surprise.

J'étais de plus en plus épuisée. J'avalai d'un trait mon café.

— Je vois que vous êtes fatiguée. Je vais vous laisser.

— Non ! j'ai aussi quelques questions, me surpris-je à dire.

— Je vous écoute.

— Pourriez-vous m'en dire un peu plus sur l'entourage de l'administrateur et sur les personnes qui viendront demain ? Je dois vous avouer que mon oncle ne m'a que très peu parlé du gouvernement de Bouvines et j'ai peur de commettre des impairs.

— Madame Marchant, c'est très simple. L'administrateur dirige la station. Il est élu pour six ans. Il s'entoure d'une équipe pluridisciplinaire composée de deux types de collaborateurs : des hommes politiques et des conseillers comme madame Thom'As et moi-même. Demain, le seul homme politique présent sera l'administrateur lui-même. Il sera accompagné du conseiller aux affaires économiques, de madame Thom'As et de moi-même. Quatre médias Voix-Image-Réseaux enverront deux journalistes chacun pour enregistrer la rencontre et le discours de l'administrateur. Vous n'aurez pas grand-chose à faire. Vous nous saluez, nous vous présentons nos condoléances, l'administrateur fait son discours, durant lequel vous resterez à sa gauche, quatre questions lui seront posées et deux vous seront posées par les VIR.

— Je n'ai toujours pas compris quel était votre poste au sein du ministère.

— Excusez-moi, je suis « le conseiller spécial » c'est-à-dire que je suis celui qui parle pour l'administrateur quand il est indisponible, lorsqu'il dort ou qu'il est absent. Je règle les affaires courantes, mais je ne prends aucune décision importante.

— Depuis son élection ?

— Non, madame, c'est assez peu flatteur pour moi, car je n'ai que deux ans, me dit-il en souriant à nouveau.

— Excusez-moi, je ne voulais pas…

— Mais non, rassurez-vous c'était une plaisanterie. Nous, les androïdes, nous changeons très peu physiquement avec les années. C'est une réplique de l'un de nos comiques très connus. J'ai essayé de faire de l'humour, mais j'ai raté ma cible, de toute évidence. Sur ce, il n'est de bonne compagnie qui ne se quitte. À demain, madame Marchant.

Joignant le geste à la parole, il se leva, me serra la main et il sortit de l'appartement. Je ne savais pas quoi penser de cette visite. Je décidai de prendre une douche et de me coucher. J'avais besoin de sommeil.

L'administrateur

As arriva en avance. Nous discutions de Jacques quand l'appartement nous signala l'arrivée d'un visiteur.

« Le commissaire Irk Ik Ark souhaite pénétrer dans votre bureau, DING DONG » annonça la voix féminine de l'appartement.

— Mais l'administrateur va arriver ! Que fait-il là à cette heure ? me demanda As comme si j'avais réponse à tout.

— Je ne sais pas. Il ne m'a rien dit lors de l'interrogatoire.

« Votre visiteur me précise qu'il vient avec le corps de votre oncle. »

— OK, faites-le entrer, dis-je à mon appartement.

— Que veux-tu dire par « Hockey » ?

— Comment ? Non As, j'ai dit « d'accord, faites-le entrer ».

La porte s'ouvrit. Le commissaire entra, suivi d'une planche grise qui avançait toute seule sur six roues.

— Bonjour, mesdames, je me suis dit que je vous devais bien de vous apporter moi-même le corps de votre oncle, mademoiselle et de votre bon ami madame.

— Certes, mais nous attendons l'administrateur, répondis-je.

— Absolument, confirma As qui soudainement se mit à sangloter en voyant le cercueil.

Irk Ik Ark nous expliqua qu'il n'en avait pas pour très longtemps. Il souhaitait juste déposer le cadavre, auquel, de toute évidence, nous tenions tant. Il avait finalement un certain sens de l'humour ce commissaire.

— Où dois-je le déposer ? Je suppose que vous ne souhaitez pas le voir au milieu de votre bureau.

— En effet, répondit As, l'administrateur arrive. Mettez-le dans la pièce du trans…

— Du fond, hurlai-je.

— Je vous suis, nous indiqua-t-il.

La pièce du fond jouxtait le bureau, elle n'était toujours occupée que par le canapé de transfert et une table basse, faites toutes deux dans un cet étrange cuir noir.

— Bien étrange matière pour recouvrir un canapé et une table basse, s'étonna le commissaire.

— Cela provient de la Terre.

Sur le coup, j'avais trouvé cette réponse intelligente. C'était une erreur. Il me l'avait dit lui-même « personne ne va ou ne vient sur Terre », alors encore moins du mobilier.

— Le rite funéraire de la Terre nécessite ce mobilier. Le défunt doit être placé sur ce canapé et nous prions juste derrière cette table. Quand je vous disais qu'il venait de la Terre, je voulais dire que mon oncle l'avait apporté avec lui.

Je n'avais rien trouvé d'autre à dire pour retomber tant bien que mal sur mes pieds, mais, malheureusement, l'air surpris de ma partenaire ruinait mon piètre discours.

— Vous m'avez l'air aussi douées pour voler un corps sur le lieu d'un crime que pour raconter des fables, soupira le commissaire.

— Je ne vous permets pas, s'insurgea soudainement As, je vous rappelle que je suis conseiller de l'administrateur.

« L'administrateur, accompagné de médias divers, souhaite pénétrer dans votre bureau, DING DONG » annonça la voix féminine de l'appartement.

— C'est quoi ce « DING DONG », s'étonna Irk Ik Ark.

— Oui c'est pénible, je l'ai dit à Jacques depuis qu'il l'a installé, répondit As.

— Faites-les entrer, dis-je à mon appartement.

Je vis l'administrateur entrer entouré de toute sa cour. J'avoue avoir été impressionnée. Je n'avais jamais vu un homme politique, pas même sur Terre. L'administrateur était un Planètarien plutôt âgé. Son visage était avenant, pour ne pas dire beau. Ses tempes étaient jaunies. Il était assez grand, près d'un mètre quatre-vingt-dix et il avait des yeux bleus qui me fixaient tout en avançant vers moi les bras ouverts.

— Ma très chère Solène, je vous présente toutes mes condoléances.

— Merci monsieur Ert'Fras, dis-je en souriant.

As m'avait briefé juste avant l'arrivée du commissaire. Toutes mes phrases étaient prévues et par chance j'avais fait du théâtre au lycée.

— Bonjour, monsieur l'administrateur, je suis le commissaire Irk Ik Ark.

Le mussimus n'était pas prévu dans le scénario.

— Mon cher commissaire, je suis heureux de vous voir, répondit l'administrateur sans se départir de son sourire.

Il jeta un coup d'œil rapide à Alain.

— Quelles sont vos questions ? demanda le conseiller spécial.

Il fit ensuite deux pas de côté et glissa quelques mots discrètement à l'oreille d'As.

— TR2, monsieur l'administrateur, pouvez-vous nous dire si la société « Mise en veille » avait des activités illégales ?

C'était une belle Planètarienne qui posa cette première question.

— Mais pas du tout, Jacques Idaho était un honnête citoyen. Il investissait régulièrement dans plusieurs sociétés. Toutes ses activités étaient légales. Je ne laisserai pas médire sur la mémoire de mon ami. Nous lui devons tous le respect. Vous allez me demander pourquoi, et bien je vais vous le dire. Je vous rappelle qu'il a sauvé la station. Je vous rappelle qu'il a investi son argent dans des sociétés toutes basées à Bouvines. A-t-il essayé de rapatrier sa fortune vers sa triste planète natale, pauvre et en guerre civile ? Non, il a tout laissé ici. Je ne suis pas étonné que de tels propos proviennent de TR2 et de vous, madame Beatrus, conclut fermement l'administrateur.

TR2 était un média opposé au gouvernement, As m'avait expliqué la stratégie. Cette dame, présentatrice vedette, était l'une des maîtresses de l'administrateur. Elle posait une question prétendument méchante pour cacher le fait que les autres seront complaisantes.

— Espace et Exploration, monsieur l'administrateur, que comptez-vous faire des débris résultant de l'explosion ?

La question avait été posée par un androïde élégamment vêtu.

— La brigade anti-débris que mon gouvernement a créée s'en est déjà chargée. Souvenez-vous, au début de mon mandat, je fus critiqué pour cette création. Les médias qui critiquent trop vite ont souvent tendance à ne pas comprendre le projet politique et la vision qui nous anime pour le bien de nos concitoyens.

— L'Espace, monsieur l'administrateur, allez-vous vous présenter aux prochaines élections ? demanda un Planètarien qui me faisait penser à l'un des frères Duhamel en vert.

— Toujours la même question, je vous le redis, il est bien trop tôt pour y répondre. Laissez-moi encore six mois de réflexion.

— Les Affaires, monsieur l'administrateur, je vois que vous êtes venu avec votre conseiller aux affaires économiques. Pensez-vous que la disparition de Jacques Idaho puisse avoir un impact sur le moral des consommateurs ?

— Non, car mes très chers concitoyens doivent être rassurés, madame Marchant va prendre le relais. La société de programmation va donc continuer malgré l'absence de son créateur.

— Nouvelle Technologie, madame Marchant, sur quel projet travaillez-vous actuellement ?

C'était exactement la question à laquelle As m'avait préparée.

— Le projet est confidentiel, répondis-je, je ne peux pas trop vous en parler, mais je peux vous dire qu'il s'agit d'une étude liée à l'amélioration du bilan énergétique des anciens modules d'habitation.

— Enquêtes et Crimes, madame Marchant, qui en voulait à votre oncle ?

Ce n'était pas la question prévue. Je n'avais pas fait attention au commissaire qui s'était discrètement glissé au côté de ce journaliste androïde. De toute évidence, ils se connaissaient. Il avait soufflé la question au journaliste.

— Madame Marchant ne répondra pas à cette question, intervint Alain. Vous savez très bien qu'elle ne peut pas commenter une affaire judiciaire pour laquelle elle a déjà été interrogée sous peine de risquer d'être accusée de « vente d'informations criminelles aux médias avant déposition devant la justice ».

— Pardon ! m'exclamai-je. C'est quoi cette accusation stupide ?

— Je vous expliquerai cette loi, me chuchota As en m'entraînant derrière Alain.

Le conseiller spécial clôtura poliment la conférence de presse alors que l'Administrateur me saluait affectueusement.

Quelques minutes plus tard, j'étais de nouveau seule avec As, seule ou presque, je m'aperçus que le commissaire était resté. Il faisait mine d'observer tranquillement le coin cuisine.

— Ma femme adorerait avoir une si belle cuisine aménagée, nous dit-il en partant.

J'avais l'impression d'être dans ce vieux feuilleton policier que regardaient mes parents et dont le nom m'échappait, mais une chose était claire, il me prenait pour la principale suspecte.

Avec la bénédiction du gouvernement et de As, je décidai de rester tranquillement dans mon appartement en attendant le prochain retour. Je ne voulais pas commettre d'impair et risquer de me retrouver en prison juste avant mon prochain transfert.

Extrait du mémoire de madame Thom'As

LETTRE DE DEMISSION DE MADAME ULY DE SOL4

Objet : Démission de mon poste de navigateur de la mission 12 sur Terre S10.

Monsieur le directeur,

Je suis au regret de vous présenter ma démission au poste de navigateur de la mission 12 sur Terre S10.

À l'origine de nos missions sur la planète tellurique dénommée Terre S10 était sa découverte par l'explorateur Id Olé Ik, un Mussimus. Les habitants intelligents de Terre S10 étant très proches de nous physiquement et génétiquement, notre gouvernement planétaire a décidé d'y envoyer plusieurs missions. Je me permets de rappeler précisément notre ordre de mission :

« s’infiltrer discrètement au sein de cette nouvelle société afin de l’éduquer et de l’inciter à faire des choix moraux. »

Cet ordre de mission était basé sur les constatations faites par Id Olé Ik et, effectivement, nous avons découvert une civilisation primitive tant par sa technologie que par ses principes moraux. J’étais enthousiaste à l’idée de participer à ce projet que j’estimais tout à fait justifié. Je vous assure que je n’ai pas compté mes heures de travail durant les deux premiers mois de ma mission.

Je ne peux pas en dire autant pour notre commandant Monsieur Hasis. Notre couverture était une petite scierie. Nous commencions à avoir une belle clientèle. Nous apprenions aux humains les bases du commerce. Notre commandant se chargeait de la prospection commerciale. Je pensais qu’il se contentait de faire du zèle en sympathisant autant avec les humaines, mais, quand notre planétologue nous informa qu’une tempête se préparait, qu’elle allait ravager la ville, il se mit à raconter n’importe quoi. Il déclamait des absurdités en se tenant debout au milieu de la place du village. Au début je trouvais même cela drôle. Ce n’est qu’ensuite que je compris son objectif, pourquoi il avait chargé mes collègues d’entourer notre vaisseau de planches de bois. Il s’était donné comme « mission divine », je le cite, de sauver ce village de l’inondation. Il les fit embarquer dans nos soutes. Il leur raconta que l’on naviguait sur l’eau, évidemment les soutes étant sans hublot, ils le croyaient sur parole. Lui, racontait n’importe quoi, comme quoi il était un envoyé d’un dieu (dont le nom m’échappe). Je vous passe les détails.

Monsieur le directeur, vous comprenez que je ne peux cautionner le comportement de mon commandant et ayant appris qu’aucune sanction ne serait prise et qu’il lui était autorisé de rester sur Terre S10, par la présente, je vous donne ma démission.

Madame Uly

Chapitre 3 DEUXIEME RETOUR SUR TERRE

Le réveil sonna « 05H45 ».

J'étais dans mon lit, à Versailles, sur Terre.

Une angoisse soudaine me saisit, j'eus une nausée, je me levai pour foncer vomir aux toilettes quand je fus prise d'un vertige. Toute ma bile s'étala dans ma chambre en même temps que moi. La porte s'ouvrit. Ma mère me trouva la tête dans mon vomi. Grand moment de solitude.

— Je dois avoir un début de gastro, que pouvais-je dire d'autre.

— Ce n'est pas une raison pour ne pas aller en cours, me dit-elle aussi froidement qu'à son habitude.

— Tu es rentrée quand ? demandai-je.

— Tard dans la nuit, dit-elle avec un air triste et épuisé. Je me suis levée tôt pour poser congé à l'ouverture du bureau. Je me reposerai ensuite quelques heures. Je retourne voir Jacques cet après-midi. J'ai réservé la semaine au Grand Hôtel de Cabourg. Papa, ta sœur et toi me rejoindrez en fin de semaine.

— C'est marrant dans ta phrase, je n'ai pas entendu de question. Toute la famille est toujours obligée de t'obéir ?

Pour seule réponse, j'eus de l'Imodium. Sa théorie était qu'il était possible de s'empêcher de vomir, mais pas de retenir une diarrhée en cas de gastro-entérite. Elle avait toujours des trucs pour m'éviter de manquer les cours. Pour une fois, je ne pris pas son médicament, il n'aurait eu aucune efficacité contre les effets du transfert.

Je me notai d'appeler vers seize heures pour avoir des nouvelles de Jacques.

Ma mère me déposa devant la porte d'entrée du lycée en me lançant : « À samedi, aide ta sœur et ton père jusqu'à mon retour ». Elle avait l'esprit ailleurs. Elle était préoccupée. Avait-elle téléphoné à l'hôpital sans que je m'en aperçoive ? J'avais un mauvais pressentiment. Ma stratégie pour sortir Jacques du coma n'avait peut-être pas fonctionné. Je ne savais même pas si un retard de plusieurs jours dans un transfert entraînait des dommages cérébraux. J'avais si peu discuté avec mon oncle. Je me sentais responsable de la peine de ma mère. Il était presque certain que Jacques n'était pas son amant, elle avait un côté « Princesse de Clèves ». J'espérais que la fin serait plus heureuse. À une époque, j'aurais même été rassurée de les savoir ensemble, surtout que de son côté Papa avait une maîtresse de dix ans de moins que Maman, et ce, depuis pas mal d'années. Elle ne s'en était jamais doutée. Son contrôle sur la famille était tel, qu'elle ne pouvait imaginer son mari avoir une double vie.

— T'es avec moi ou dans l'espace ? me demanda Victor.

— Quoi ?

— Tu es dans la lune, je suis juste à côté de toi depuis ta descente de voiture. Tu ne m'as toujours pas vu.

— C'est ton super pouvoir, tu passes devant des filles et tu restes totalement invisible, lui répondis-je en souriant.

— C'est drôle, mais c'est une réplique d'un film ça ! Je ne me souviens plus très bien lequel.

— Pas mal Victor. Je sens qu'on va devenir amis.

— Voire plus, me dit-il avec un grand sourire idiot.

— Rêve pas, affirmai-je en souriant toujours. Pense au bien de la France, si je deviens la petite amie d'un branleur comme toi, les actions des mouchoirs Lotus vont s'effondrer.

— Une autre réplique, me répondit-il en souriant.

Il commençait à me plaire. Au vu des chaussures de Victor, il était d'origine modeste. J'avais trois critères pour déterminer l'origine sociale d'une personne de mon âge. Le premier était le prénom, le second était les chaussures et le dernier, la quantité de vocabulaire employée.

Une chose devenait certaine, je devais mettre fin à ma relation avec Valentin. Son père était un riche industriel. Maman râlerait, elle a toujours souhaité que j'épouse un bon parti. Je sortis mon portable de la poche et juste avant de rentrer en cours, je lui envoyai un SMS.

« Valentin, t'es comme la France, ta compétitivité s'est effondrée. Je désindustrialise. Entre nous, c'est fini ».

En théorie je trouvais nul de quitter quelqu'un avec un simple texto, mais dans la pratique, et bien justement c'était pratique.

La journée passa très rapidement avec quatre heures de Maths et deux heures de Physique. En fin de journée, je restais deux heures en étude avec Victor. J'avais oublié de téléphoner pour avoir des nouvelles de mon oncle. Victor me troublait. Je m'en voulais. Vers dix-huit heures, je rentrai à la maison. J'étais seule avec ma sœur. Papa n'était pas là. Il nous avait envoyé un texto. Il ne rentrerait pas avant vingt-deux heures. Nous n'étions pas dupes. Il profitait de l'absence de maman pour passer la soirée avec sa maîtresse. Plus grave, ma sœur m'apprit que l'état de Jacques était stationnaire.

Les vignes de Bouvines

Je venais à peine d'être transférée qu'As m'attendait pour me questionner. Elle était morte d'inquiétude.

— Il n'y a pas le plus petit signe d'amélioration ? me demanda de nouveau As.

— Non, mais comme je te l'ai dit, c'est ma mère qui lui rend visite à l'hôpital. Je ne l'ai pas vu directement, lui répondis-je calmement en regardant les étoiles et la station défiler par la fenêtre de l'EZ4.

— Pourquoi n'y vas-tu pas ? Ils devraient comprendre à ton école et te laisser une dizaine de jours.

— L'école, sur Terre, ne fonctionne pas comme ça. Dans mon lycée, il y a une très forte compétition entre les élèves et il n'est pas question de manquer la moindre journée. Si ma mère me dit que son état est stable, c'est qu'il est stable. Elle est toujours très précise, soupirai-je.

— Nous sommes arrivés au parking du canton cent seize. La « société des vignes de Bouvines » se situe à deux cents mètres sur votre gauche, vous pourrez descendre après mon arrêt complet, annonça le véhicule en entrant dans la station spatiale.

Le véhicule nous avait conduit dans un énorme parallélépipède qui était le canton cent seize de Bouvines. Il était attaché à la station par de nombreux tubes, mais la façon la plus directe d'y accéder était par l'extérieur. L'EZ4 se gara sur une place d'un énorme parking entouré par six immeubles gigantesques. Pour ne pas changer, j'étais trop influencée par la SF terrienne. Ici étaient produits quinze pour cent des fruits et légumes de la station. Je m'attendais à une énorme serre en forme de demi-sphère comme dans les films, les séries ou les dessins animés de mon enfance. Je suivis As, nous entrâmes dans le second bâtiment sur notre gauche. Au rez-de-chaussée, comme dans les immeubles d'affaires terriens, deux secrétaires sexy discutaient derrière un bureau, mais ici elles étaient vertes et en bikini.

— Bonjour, je suis la conseillère en psychologie de masse du gouvernement, leur annonça-t-elle. Je viens avec la nouvelle administratrice de la société des vignes de Bouvines.

— Cent huitième étage, répondit la secrétaire de droite pendant que sa collègue nous tendait deux badges en vérifiant nos bracelets.

Nous nous dirigeâmes vers l'un des nombreux ascenseurs. Il ressemblait à ceux sur Terre, l'unique différence était qu'ils vous reconnaissaient à votre arrivée et comme nous avions indiqué à l'accueil où nous nous dirigions, il monta directement à l'étage cent huit où il annonça avec une voix féminine sexy :

— Étage cent huit, société des vignes de Bouvines. Bienvenue à madame Thom'As, conseillère en psychologie de masse du gouvernement et à madame Marchant, administratrice de la société des vignes de Bouvines.

L'entrée de la société était une double porte en acier blindé. Elle s'ouvrit automatiquement à notre approche. Ma première surprise fut de découvrir une entreprise sans aucun salarié. Il s'agissait d'un hangar de dix-sept mètres de largeur sur cent mètres de long dont le plafond était assez bas, moins de trois mètres, ses seuls occupants étaient une douzaine de robots. Ils étaient en charge de l'entretien des vignes. Ils évoluaient entre les allées remplies de substrat. J'étais face à une plantation hors sol. Les robots assuraient, entre autres, l'irrigation en sels minéraux et en nutriments du substrat qui ressemblait à de la laine de roche. Les pieds de vigne étaient regroupés en quatre cépages nommés Merlot, Cabernet-Sauvignon, Petit Verdot et Riesling. Il m'était impossible de dire s'il s'agissait des mêmes plantes que sur Terre, mais cela ressemblait à du raisin. Mes parents m'avaient inculqué quelques notions d'œnologie, mais uniquement pour savoir apprécier le vin et non pour le produire. Je me notai qu'il me fallait parfaire ma connaissance sur ce sujet. À droite de la porte se trouvait un pupitre de contrôle protégé par un mot de passe.

— C'est étrange Solène, s'étonna As, cette machine ne semble pas être reliée au réseau de Bouvines.

Elle n'avait pas tort, rien dans ce hangar ne l'était. Il s'agissait d'un réseau totalement indépendant. Les robots étaient contrôlés par le pupitre et lui-même était un système indépendant non intelligent au sens de Bouvines. Pour un ordinateur terrestre, il était excessivement performant. Comme je m'en doutais, le code d'accès était le même que celui utilisé par mon oncle pour accéder au réseau de la station et ses comptes bancaires.

— Tu vois As, cela me paraît être une erreur de sécurité majeure puisque le hackage de ce pupitre pourrait apprendre le code de sécurité de mon oncle.

— Ton oncle employait le terme de « piratage », me répondit-elle.

— Il a toujours été vieux jeu, cela ne m'étonne pas.

Le pupitre ne m'apprit que peu de choses, si ce n'est la production mensuelle de vin, les comptes de la société, la liste des clients, la politique tarifaire définie par mon oncle, les quelques fournisseurs pour les tonneaux, les bouteilles et la maintenance des robots. Je chargeai un maximum d'informations dans mon bracelet.

— La boîte qui assure la maintenance de ces machines pourrait être une piste pour l'assassinat. On peut imaginer qu'une personne, effectuant la maintenance, ait pris connaissance du code de mon oncle et, ignorant mon arrivée récente sur Bouvines, aurait voulu le tuer pour s'emparer de sa fortune. C'est une théorie un peu légère, mais c'est la seule que j'aie pour le moment. Cette société se nomme « Robots planteurs ». Tu la connais ? demandai-je à As.

— C'est une autre entreprise de ton oncle.

Robots planteurs

L'EZ4 nous ramena près de chez moi, je m'aperçus au passage que je considérais de plus en plus l'appartement de mon oncle comme le mien. La société « Robots planteurs » était une sorte de magasin de luxe à la périphérie d'une petite place située dans les beaux quartiers.

— Je ne vais pas te mentir, mais la jeune femme à l'accueil a toujours eu tendance à faire la bise à ton oncle et à se montrer un peu trop gentille avec lui, me dit As alors que nous marchions tranquillement.

— Tu veux me dire quoi exactement ? C'était aussi sa maîtresse ? demandai-je.

— Non pas du tout, il n'a que moi sur Bouvines et il n'a jamais aimé le terme de « maîtresse ». Il me disait que j'étais sa « favorite », un peu comme les rois de votre passé.

Mon oncle a toujours eu le sens de la formule, il aurait pu faire du marketing s'il n'avait été ingénieur.

— Tu verras Solène, c'est une personne vulgaire et écervelée. Si comme moi, elle porte un bikini bleu nuit en signe de deuil, je la gifle.

La Planètarienne de l'accueil avait un bikini rouge vif, mais As avait raison, elle avait une allure triviale. Elle avait une tête de moins qu'As et malgré de jolies formes avantageuses, il me paraissait évident qu'elle n'avait eu aucune chance de plaire à mon oncle. As était donc jalouse d'une femme dont elle ne risquait rien. Je me notai, à titre personnel, d'essayer de bien repérer mes vraies rivales. Je n'étais pas de nature jalouse, mais assez possessive tout de même. Prise dans mes pensées, je n'avais pas vu la Planètarienne de l'accueil s'approcher de moi.

— Bonjour madame Marchant, je suis Isonder'Al. Je vous ai regardée sur TR2. J'en aurais pleuré, mais j'étais avec mon ami et je ne voulais pas qu'il croie que c'était MOI la maîtresse de Jacques.

Je me tournai lentement vers As qui avait des difficultés à garder son calme. Pour le moment, elle se contentait de la fusiller du regard. J'en profitai pour relancer la conversation sur un autre sujet.

— Je viens étudier les comptes de la société, madame Isonder'Al.

— Appelez-moi comme votre oncle, je ne sais pas pourquoi, mais il me nommait toujours Alison, me répondit-elle avec un sourire idiot.

— Moi je pense savoir pourquoi, pensai-je à haute voix.

Elle nous conduisit à l'intérieur de la boutique qui n'était pas bien grande, environ trente mètres carrés. Ce commerce était un simple magasin de vente de robots industriels autonomes spécialisés dans l'activité de jardinage. Les murs étaient munis d'étagères pleines de robots de toute sorte. Le centre de la pièce servait aux démonstrations client. A priori ces robots étaient très chers, les clients étaient essentiellement de riches particuliers possédant de petites serres.

Je consultai l'ordinateur gérant le magasin et de nouveau je découvris qu'il n'était pas relié au réseau de Bouvines.

« *Pourquoi mon oncle isolait-il ses sociétés du réseau* ? », me demandai-je.

Je posai discrètement la question à As, mais elle n'en avait aucune idée. Jacques ne lui en avait jamais parlé. Elle avait été bien plus surprise que moi de découvrir « Les vignes de Bouvines » isolées du réseau.

— Jusqu'à aujourd'hui, je ne savais qu'il était possible d'être isolé du réseau.

— Mais n'était-ce pas le cas aussi pour monsieur Dellimage ? demandai-je.

— Non. Il n'était plus dans le réseau, mais il pouvait communiquer avec lui et réciproquement. C'est très problématique de ne plus être dans le réseau. Cela signifie : plus aucune communication, aucun achat possible, aucune démarche administrative, aucun secours d'urgence en cas d'accident ou de maladie, personne ne prendrait un tel risque.

— Mon oncle le faisait.

— Cela explique aussi ses nombreux va-et-vient à travers Bouvines durant lesquels il était injoignable. Par moment, je m'imaginais qu'il voyait quelqu'un d'autre, mais il arrivait toujours à me rassurer. Je continuai à consulter l'ordinateur gérant le magasin.

— Bingo As ! J'ai trouvé qui fait la maintenance des robots des vignes. Il s'agit d'un robot sans conscience portant le numéro R2-2/05/2.

— « R » deux deux cinq deux.

— Non, c'est un jeu de mots, mon oncle devait le prononcer « R2 » 2 mai 2.

À mon grand soulagement, As ne me demanda pas plus d'explication sur le nom graveleux donné par mon oncle.

Je continuais à regarder et sans surprise la personne qui s'occupait de la maintenance de R2/2/05/2 était mon oncle lui-même. J'avais sous mes yeux son planning avec les jours où il venait le réparer ou simplement le reprogrammer. Cela ne lui prenait pas plus d'une demi-journée par mois.

— Quand il venait, que faisait Jacques habituellement ? demandai-je à Alison.

— Pas grand-chose, me répondit-elle. Il discutait et il repartait avec les données comptables.

Je fis de même en expliquant qu'il me fallait consolider toutes les données des sociétés. Alison me fit son sourire stupide en guise de réponse.

La piste du réparateur ne menait nulle part. Il ne nous restait que le mystère des sociétés isolées du réseau. Il y en avait encore cinq à visiter. Je décidai de les visiter les jours suivants.

Chez Jacques

Le lendemain, nous visitâmes la boulangerie de mon oncle « Chez Jacques ». Elle se situait dans un quartier tout aussi huppé que celui de mon appartement et pourtant une vingtaine de Planètariens y faisait la queue. La ressemblance avec une boulangerie traditionnelle française était frappante. Le slogan me fit sourire « La boulangerie de tradition terrienne ». Pour mon oncle, l'image de la Terre était celle de la France. Il était même certain que pour les Planètariens, la seule image qu'ils avaient des humains était celle de Jacques. Il était le seul humain, jusqu'à mon arrivée, à vivre sur Bouvines. Je me demandais quelle image pouvaient-ils bien avoir de nous, une bien piètre, déjà que la Terre était considérée comme une zone de guerre civile en raison de ses conflits récurrents.

La boutique n'avait que deux employés, un couple de Planètariens. Voir une boulangère en bikini vendre du pain était pour le moins surprenant. Nous attendîmes tranquillement notre tour.

— Je vous présente Solène, la nièce et l'héritière de Jacques, annonça As.

— Je suis enchantée, répondit la boulangère. Vous venez me prendre mes belles grosses miches ?

Devant ma mine déconfite, elle se sentit gênée et immédiatement elle ajouta que c'était la phrase habituelle de mon oncle quand il entrait dans la boulangerie.

— J'aurais dû m'en douter, répondis-je en soupirant. Il les aime quand il est sur Bouvines, ajoutai-je en me tournant vers la poitrine généreuse d'As.

Ne voulant pas continuer à mettre mon employée mal à l'aise, je finis par acheter ses miches. Je rencontrai ensuite son époux, le boulanger.

La boulangerie n'était pas reliée au réseau de Bouvines. Je terminai la visite, qui fut très brève, en extrayant les données comptables et en les chargeant dans mon bracelet.

Cuisinobot

La quatrième société était voisine de « Chez Jacques », il s'agissait du magasin Cuisinobot qui fabriquait et ne vendait qu'un unique produit éponyme.

« Le Cuisinobot aide les gastronomes à préparer eux-mêmes leur repas », c'était ce que l'on pouvait lire sur l'écran situé au pied du petit robot électroménager en vitrine. Sur Bouvines, personne ne préparait soi-même ses repas. C'est l'appartement ou la cuisine, pour ceux qui ont un appartement assez grand pour en avoir une, qui prépare directement les repas. Le « Cuisinobot » n'était autre qu'un robot multicuiseur terrestre amélioré. À partir d'une recette qu'on lui décrivait oralement et d'ingrédients frais, coûtant tous horriblement chers, il préparait le repas. Sur la devanture une affiche, ressemblant aux publicités des années 50' Terrestre, représentait une Planètarienne tenant le Cuisinobot avec un grand sourire et une bulle où était inscrit « les ménagères souhaitent de nouveau faire à manger, elles-mêmes ! ». Le prix affiché était exorbitant vingt-cinq mille unités monétaires, As ajouta qu'il représentait plus de cinq fois le revenu mensuel médian. Jacques semblait cibler les sociétés du secteur du luxe.

La boutique était très petite, on tombait tout de suite sur le plan de travail d'une cuisine où trônait en son centre le cuisinobot. Un couple de vieux Planètariens nous accueillit. Ils étaient vêtus d'habits verts troués. C'était à première vue surprenant et assez élégant, mais j'appris par la suite que cela était fréquent, car avec les années, les Planètariens perdaient de leur pigmentation verte. Toute une ligne de vêtements, pour Planètariens âgés, était plus ou moins trouée afin de ne laisser apparaître que les parties du corps encore bien vertes.

Le Planètarien, qui se nommait Elor'Ad, s'occupait de la partie commerciale et sa femme Mar'At'Or était la technicienne qui fabriquait « à la main ». Ils insistaient lourdement sur le fait que la fabrication était artisanale, le cuisinobot. Ils semblaient vraiment émus de rencontrer une Terrienne. Contrairement à « Chez Jacques », il n'y avait aucun client lors de ma visite. C'était lié au modèle économique qui nécessitait une seule vente et demie par mois pour être rentable. Elor'Ad et Mar'At'Or m'expliquèrent leur travail avec une passion non feinte. Ils produisaient réellement eux-mêmes ce qu'ils vendaient. C'était rarissime sur Bouvines. Je voyais bien qu'ils attendaient avec anxiété que je leur annonce que rien n'allait changer, ce que je fis immédiatement. Après les avoir rassuré, je leur demandai si la société était liée au réseau. Cette fois, la réponse fut positive, mais uniquement pour la partie commerciale et marketing. Il était possible de passer commande ou de se renseigner sur le produit *via* le réseau. Mar'At'Or me montra, ce qu'elle qualifia d'objet antique, une imprimante d'où sortaient les commandes passées par le réseau. J'aurais dû m'en douter, le papier était considéré comme un objet de luxe. La commande, une fois imprimée, était placée avec le cuisinobot dans le colis en carton, ce dernier était très cher également, puis expédiée au client. Le conditionnement était étudié pour donner cette impression d'objet ancien de grande valeur.

Pour ce couple, travailler dans une telle société était socialement très valorisant. Je me notai de vérifier si mon oncle n'avait pas prévu de les licencier ou de vendre cette société. Sur le moment, cela me parut être un mobile possible. Les données comptables étaient très succinctes, mais je repartis tout de même avec une copie dans mon bracelet.

L'hôtel Panoramique

— Et si le vrai luxe était l'espace, le calme et le silence. Venez vous ressourcer à l'hôtel Panoramique. Les vingt-deux chambres vous offrent une vue exceptionnelle sur la Voie lactée. Vous ne serez pas dérangés. Aucun son, aucune communication, aucune transmission de données, notre bouclier vous protégera des perturbations quotidiennes habituelles.

Je commençais à m'habituer à ces publicités inspirées de celles terrestres, même si je trouvais que mon oncle avait cédé à la facilité. La plaquette de présentation de cet hôtel était toutefois très alléchante sauf pour le prix. Je ne voyais pas pourquoi le fait d'être sans communication pouvait justifier une telle somme, plus du double d'un hôtel de même classe.

— C'est un hôtel pour androïde, m'annonça As.

— C'est-à-dire ? demandai-je.

— Les intelligences artificielles adorent ne plus être en communication avec le réseau. Les discussions, que j'ai eues avec tous mes patients, me prouvent qu'ils souhaitent en sortir. Ils aspirent à devenir des androïdes afin d'avoir une forme physique. Les plus riches s'isolent, autant que possible, pour se reposer. Il n'est pas impossible qu'ils aiment aussi communiquer uniquement par la parole et non par leur moyen sans fil habituel. Ils ont une sorte de sentiment nostalgique vis-à-vis de ce moyen de communication qu'il devrait considérer comme primitif, à moins que cela ne soit une forme de dandysme, quoi qu'il en soit, cet hôtel répond à ce besoin. Il est fréquenté par la plupart des androïdes de la classe supérieure.

— Ils ont le syndrome de Pinocchio ?

— Je ne connais pas ce personnage, mais je crois me souvenir que ton oncle m'avait déjà fait une réflexion similaire. Je ne m'en rappelle plus très bien à vrai dire et il me manque… Il m'avait écrit ce poème « Je t'adore à l'égal de la voûte nocturne, Ô vase de tristesse, ô grande taciturne, Et t'aime d'autant plus, belle, que tu me fuis, Et que tu me parais, ornement de mes nuits, Plus ironiquement accumuler les lieux, Qui séparent mes bras des immensités bleues. »

Suivirent ces vers, qui étaient de Baudelaire et non de mon oncle, quinze minutes de déprime et de pleurnicheries. Pourquoi avais-je évoqué mon oncle ! Bien mal m'en avait pris. Je voyais bien qu'As me trouvait froide et sans cœur, mais il n'était pas vraiment mort et il fallait que nous nous concentrions sur notre enquête. J'avais l'intuition qu'en connaissant mieux son environnement, je trouverais une piste pour démasquer son meurtrier, voire pour le guérir.

Sur Terre, durant trente ans, il était transféré sur Bouvines toutes les nuits. Si le coefficient temporel de transfert a toujours été constant, il a vécu cent cinquante ans sur Bouvines. Il avait eu tout le temps d'étudier les conséquences d'une blessure. Il avait sûrement laissé des indices ou des notes quelque part. J'espérais juste qu'il n'avait pas passé tout son temps à créer des entreprises et à s'enrichir.

L'entrée du Panoramique ressemblait au hall de tous les hôtels de luxe terrestre, peut-être même de la galaxie. On y trouvait une jolie femme derrière un comptoir, ici, je faisais face à une Planètarienne mince, grande au visage très androgyne. Elle était vêtue d'un bikini bleu portant le logo de l'hôtel qui représentait une vue de coupe de la Voie lactée. Alors que j'allais m'adresser à l'hôtesse d'accueil, une autre Planètarienne surgit d'une porte camouflée derrière le comptoir pour me saluer.

— Bonjour madame Marchant, bonjour As, le personnel de l'hôtel et moi-même sommes heureux de vous recevoir, nous dit-elle.

Il s'agissait de la gérante Ir'M'Kol, elle ressemblait à l'hôtesse en plus âgé. Durant un instant, je pensai même qu'elle était sa sœur, mais je m'aperçus bien vite que leur relation était plus d'ordre charnelle que fraternelle. Leur homosexualité expliquait aussi l'absence de jalousie d'As.

Elle nous fit faire le tour de l'hôtel. La plaquette commerciale n'était pas mensongère. Le Panoramique était un très bel établissement. La vue sur la Voie lactée était superbe avec un système de commandes gestuelles qui permettait par exemple de zoomer dans une direction en dessinant un rond avec sa main gauche devant son visage.

Comme à chaque fois, je repartis avec une copie des données dans mon bracelet.

— Les deux dernières sociétés que nous visiterons demain sont un peu moins sympathiques, m'annonça As en partant.

— C'est-à-dire ? demandai-je.

— Elles ne sont pas dans le secteur du luxe et c'est un euphémisme, soupira-t-elle.

— Elles sont situées dans des quartiers peu fréquentables ?

— Les pires de Bouvines.

— Il a dû créer ces sociétés à ses débuts.

— Tout l'inverse, il était déjà excessivement riche. Elles ont toutes deux moins de cinq ans. La première est une société de recyclage des ordures de Bouvines, mais aussi spécialisée dans les déchets spatiaux. C'est une activité dangereuse et seuls les plus pauvres y travaillent. La seconde découle de la première puisqu'il s'agit d'un hôtel dont les résidents sont les ouvriers. Jacques m'expliquait toujours qu'il s'agissait de paternalisme.

Nouvelles pleurnicheries…

Les chiffonniers de Bouvines

Devant moi se tenaient essentiellement des Planètariens et des androïdes peu reluisants, mais également des races extra-terrestres qui m'étaient alors totalement inconnues. Je découvrais pour la première fois les Teleos, des humanoïdes recouverts d'une peau visqueuse possédant des branchies, mais respirant également de l'air par la bouche. Il y avait aussi des êtres ressemblant à des rochers bipèdes. Une autre espèce avait l'apparence de fantômes, sorte de grands humanoïdes très pâles sans aucune pigmentation.

Nous étions dans un hangar qui aurait pu ressembler à celui de l'agence de location de véhicules s'il n'y avait eu un amas de détritus entre son entrée et la sortie vers l'espace.

Je me tenais sur une petite estrade, As se trouvait à mes côtés. Je faisais face à plus de deux cents employés et je voyais bien qu'ils étaient tous extrêmement pauvres. J'étais très mal à l'aise. Ils attendaient un discours, mais les pensées se bousculaient dans ma tête. Pourquoi mon oncle avait-il créé cette société ? Pourquoi exploiter ces damnés de la Terre, ou plutôt de Planète ? Avait-il un problème de conscience face à sa fortune et essayait-il de redistribuer son argent ?

— Bonjour à tous, je ne sais pas si cela vous fera plaisir, mais sachez que je n'ai pas l'intention de changer quoi que ce soit dans le fonctionnement de cette société, en tout cas pas pour le moment. Je suis venue pour faire votre connaissance et pour étudier vos comptes, ce n'est qu'après une analyse approfondie que je déciderai s'il y a lieu ou pas de modifier quelque chose.

As fit mine d'applaudir et tous l'imitèrent.

Quelques instants plus tard, le directeur, un Planètarien nommé Irm'At'Or, m'expliqua brièvement le fonctionnement des chiffonniers de Bouvines. L'objet de l'entreprise était la récupération des débris spatiaux et l'extraction des minerais précieux. Cette activité générait un chiffre d'affaires conséquent, mais nécessitait une main-d'œuvre importante, d'où une très faible rentabilité. C'était un euphémisme, puisque cette société était en déficit depuis sa création. Mais pourquoi mon oncle avait-il créé cette société ? « Les vignes de Bouvines », « Robots planteurs », « Chez Jacques », « Cuisinobot », l'hôtel « Panoramique » avaient pour seule originalité de n'être pas connectés au réseau, mais « Les chiffonniers » me paraissait une anomalie dans le décor. Je demandai la liste des matériaux extraits et revendus. Il s'agissait d'or, d'argent, de platine, de palladium, d'aluminium, de plutonium et de rhodium. Je ne connaissais pas ce dernier élément. Irm'At'Or m'apprit que c'était proche du platine. Il était essentiellement utilisé comme catalyseur. Cela ne m'avançait pas beaucoup. Je demandai si mon oncle conservait certains matériaux pour usage personnel. Sa réponse fut négative.

Pour ne pas changer, je repartis avec les données comptables copiées dans mon bracelet, mais avec bien plus d'interrogations qu'habituellement.

Chez Lapinoux

Je n'eus pas loin à aller, l'hôtel « Chez Lapinoux » jouxtait « Les chiffonniers de Bouvines » et comme je le craignais, il s'agissait d'un établissement dédié aux salariés pauvres. Leurs conditions d'hébergement étaient catastrophiques, les chambres étaient toutes identiques et leur dimension était d'un peu plus de trois mètres cubes. Il s'agissait de capsules cylindriques de deux mètres de long et d'un mètre de diamètre, les résidents ne pouvaient qu'y dormir. Elles étaient placées telles des balles dans un barillet. L'occupant y pénétrait puis le barillet tournait et la capsule se retrouvait en hauteur. Il était même possible que certaines capsules se retrouvassent à l'extérieur, dans l'espace, mais je n'en étais pas certaine. Je devenais claustrophobe rien qu'en y pensant, je me promis d'aller voir les plans de cet étrange hôtel. Il y avait pire, le plus ahurissant était que les salariés de mon oncle considéraient ces chambres comme un progrès social. As m'expliqua qu'avant leur construction, ils dormaient à même le sol dans le hangar.

Je décidai de discuter avec quelques clients. J'avouai à As que la vision de tous ces extra-terrestres me perturbait. Elle trouva cela compréhensible, mais pour des raisons d'efficacité, As ayant passé des années à analyser les I.A., nous décidâmes qu'elle allait se consacrer à l'interrogation des androïdes présents.

Je commençai par interroger un couple de Teleos, j'enchaînai avec un groupe de créatures de pierre, ou plus exactement des humanoïdes à la peau brune imitation pierre, puis les créatures fantomatiques, mais je n'apprenais rien. Leur connaissance du Planètarien était rudimentaire. Ils ne connaissaient mon oncle que de nom. De son côté, As apprit qu'il était très populaire auprès des androïdes. Le fait qu'il sache programmer en faisait une sorte de personnage mythique. Des légendes couraient à son sujet. C'était une différence notable entre les intelligences artificielles aisées, clientes habituelles d'As, et celles très modestes employées par Les Chiffonniers de Bouvines. Le fait que Jacques ait eu des admirateurs ne me paraissait pas être une information capitale. J'imaginais mal un scénario où un fan voudrait le tuer.

J'essayai de rester concentrée sur mon enquête. J'examinai de près les comptes de « Chez Lapinoux ». Cette société était faiblement rentable, mais cela ne compensait pas les pertes des chiffonniers. Je récupérai également le nom de tous les clients.

Il me fallait maintenant regrouper les données collectées, essayer de les croiser entre elles et d'en extraire des informations utiles pour mon enquête.

— Je vois que vous visitez vos sociétés, madame Marchant.

La grosse mouche !

Je sursautai.

— Bonjour, monsieur le commissaire, j'essaie de comprendre... enfin... oui je visite les sociétés créées par mon oncle.

— Étonnant cet hôtel créé pour les ouvriers des Chiffonniers, ne trouvez-vous pas ? Ces deux sociétés détonnent dans le paysage luxueux des biens qui appartenaient à votre oncle.

— Effectivement, il avait sûrement envie de, euh, d'avoir envie.

— Pardon ?

— Oui, vous voyez on lui avait trop donné, il avait oublié les rêves et les mercis, toutes ces choses qui avaient un prix et qui font l'envie de vivre et le désir. Vous comprenez ?

Voilà que je commençais à utiliser les « classiques » terriens comme mon oncle.

— Non, me répondit laconiquement l'officier.

— Repartir à zéro devait le motiver. Je dois retourner à mon appartement, heureuse de vous avoir revu.

— De même, mesdames.

Je devais réellement retourner à l'appartement. Cinq jours s'étaient écoulés, le transfert n'allait pas tarder, je décidai de me remettre à la lecture du mémoire d'As.

Extrait du mémoire de madame Thom'As

Objet : Découverte inquiétante liée à la modification du génome humain

Monsieur le Ministre de l'espace,

Les différentes missions effectuées par les explorateurs des systèmes Sol ont eu des « ratés ». Nos confrères de Foyer et des systèmes Sol, ont proposé au comité des nations unies de Planète d'effectuer une étude sur les humains. Notre Université a effectué les analyses psychogénétiques dont voici la conclusion.

La mission 12 de Sol4, entre autres, a présenté aux humains une technologie qu'ils ne pouvaient pas comprendre. Certains documents laissent à penser que plusieurs explorateurs ont eu des comportements non conformes. La première conséquence fut la création, par les humains, de nombreuses légendes. La mission 12 est probablement à l'origine des différentes histoires liées à un déluge mythologique.

Je présente en annexe le détail des différentes missions des systèmes Sol et leurs liens avec les légendes humaines.

La partie inquiétante est l'analyse du génome humain, car il semble avoir subi une mutation qui se transmet d'une génération à la suivante. Cette mutation n'est pas physique, mais psychologique. Elle provoque chez les humains la naissance d'une sorte de « pensée magique » dont voici deux exemples :

« le tonnerre » : Certains peuples humains ne comprenant pas d'où viennent les orages, le tonnerre et les éclairs. Au lieu de se dire qu'ils ne comprennent pas ce phénomène, ils ont imaginé qu'il provenait d'un dieu du tonnerre.

« La mort » : La plupart des peuples humains pensent que leur esprit survit à la mort de leur corps. Sous réserve qu'une telle technologie puisse être développée, l'énergie nécessaire au transfert d'un esprit vers une hypothétique Intelligence Artificielle serait colossale. Leur mort ne génère que très peu d'énergie et pourtant ces peuples sont persuadés que leur esprit est transféré vers un endroit imaginaire.

Ces exemples peuvent faire sourire tant ils paraissent absurdes, mais, j'attire votre attention sur le danger que représente cette « pensée magique ». Il apparaît en effet qu'elle est régulièrement exploitée par certains dirigeants pour justifier ou provoquer des conflits armés.

En conclusion je préconise le classement de la Terre comme « dangereuse » ou « hautement dangereuse ».

Chapitre 4 TROISIEME RETOUR SUR TERRE

— Imagine que tu doives retrouver une anomalie dans sept sociétés d'un pays inconnu dont tu ne connais que très peu de choses. Comment t'y prendrais-tu Victor ?

Le réveil avait sonné à « 05H45 ». Je m'étais réveillée cette fois sans vomir. Ma matinée fut celle d'une étudiante banale, juste un peu tracassée. Victor me fit même rire en TP de physique. Nous devions effectuer une mesure de longueur d'ondes et il me fit un jeu de mots douteux. C'était assez trivial, mais il réussit à me détendre. Au déjeuner, j'en profitai pour entamer la conversation avec lui sur le sujet qui me préoccupait.

— Quel pays ? me répondit-il.

— Peu importe le pays, la Chine ou la Russie par exemple.

— Tu as « googlisé » la question ?

— C'est une question trop compliquée.

— Essaie de simplifier : « méthode de vérification comptable » ou « analyse statistique des sociétés ».

Je tapai ces deux phrases sur mon téléphone, j'obtins plus de dix pages de résultats, mais rien d'intéressant à première vue.

— Ça ne marche pas, Victor, une autre idée ?

— Essaie : « détection anomalie statistique ».

— Pas mieux.

— Essaie : « nombres anormaux »

— Bingo, j'ai enfin quelque chose, avouai-je avec un large sourire.

— Et ?

— Et quoi ? répondis-je en reprenant mon air dur.

— Même pas un petit bisou ? me demanda-t-il.

— Non, avec une telle émotion tu vas t'évanouir, tomber dans ton assiette et en mettre partout et là je mange, ce serait dégoûtant. Mais non je plaisante, ajoutai-je en l'embrassant sur la joue.

— J'aimerais aussi savoir… Pourquoi m'as-tu posé cette question ?

— Pour rien, mais j'en ai une autre. Si tu étais dans un autre pays qui ne connaît pas la culture française, est-ce que tu traduirais des publicités françaises ou des chansons ?

— Elle est bizarre ta question ? Mais je suppose que j'aurais tendance à le faire, en tout cas si la culture de ce pays n'est pas trop éloignée de celle de France. C'est un peu comme les chanteurs

« yéyé » qui reprenaient les airs des chansons anglaises avec des paroles en Français. Je crois même que certains humoristes font cela également, ils reprennent des sketches américains en les francisant.

— Oui, tu as raison.

— Houlà, je suis dans un bon jour, je sens que je vais conclure, me dit-il en rigolant.

— On va commencer par conclure le repas, répondis-je en souriant.

La loi de Benford

De retour sur Bouvines, j'essayais d'expliquer à As la loi des nombres anormaux.

— Tu vois As, quand on prend la liste de toutes leurs factures clients, il y a trop de premiers digits en 7 pour la société des vignes de Bouvines.

— Rappelle-moi ce que tu nommes le premier digit ?

— Je te l'explique une dernière fois. Il s'agit du premier chiffre d'un nombre. Pour deux cent huit, c'est « deux » par exemple.

— Ce n'est pas l'unité, c'est le premier chiffre à gauche.

— OUI c'est ça !

— Dans ta liste, tous les chiffres doivent apparaître de façon équivalente et ce n'est pas le cas pour le « sept ».

— Non As, c'est justement ça la loi des nombres anormaux. Le « un » doit apparaître dans près de trente pour-cent des cas, le « deux » un peu plus de dix-sept fois sur cent, le « trois » douze et demi et ainsi de suite. Le « sept » ne devrait figurer que dans cinq virgule huit pour cent des cas. La société des vignes de Bouvines a plus de quinze pour cent de ses factures qui commencent par un « sept ».

— Seulement sept Unités Monétaires ?

— Mais NON, c'est juste le premier digit qui est égal à « sept ». Le prix moyen d'une seule bouteille est de deux cent cinq unités monétaires, comment veux-tu qu'ils fassent des factures de sept unités !

— Je ne comprends pas.

— Laisse tomber la loi des nombres anormaux, ce que tu dois retenir c'est qu'il y a une suspicion de fausses factures pour la société des vignes de Bouvines, finis-je par dire.

— Tu as donc découvert de fausses factures dont le montant commence par sept ?

— Oui et non, j'ai juste découvert une anomalie statistique avec une suspicion particulière sur ces factures. Si on n'a pas de chance, ce sont peut-être toutes les factures qui sont fausses, car...

Je stoppai net mes explications face à l'air hagard de ma très chère As et je me concentrai sur mon travail.

— Tu es très douée, Jacques avait raison. C'est pour cela qu'il t'a choisi pour lui succéder.

— Il a hésité entre plusieurs personnes ? demandai-je tout en continuant mon travail.

— Vu le temps qu'il faut à vos corps d'humain pour grandir et qu'il ne voulait faire son choix qu'une fois à votre âge adulte, il m'a dit qu'il en avait préparé d'autres avant toi. Tu n'as pas été élue dès ta naissance. Il a perçu que tu serais la meilleure quand tu as eu une dizaine d'années.

— Et les autres ?

— Les autres ? Il n'a jamais activé le transfert donc leurs corps sont restés inertes.

— Ce fut donc une sélection sur le mérite, annonçai-je d'un air satisfait.

J'isolai toutes les factures dont le premier digit était « sept ». Je décidai, arbitrairement, de ne retenir que celles des douze derniers mois. Il y en avait cinquante-quatre, dont une trentaine pour un seul et même client, Ar'Us Kor. Je demandai à As si elle connaissait ce client, sa réponse fut négative.

Je croisai ensuite la liste complète des clients suspects avec celles de toutes les autres sociétés. Je découvris qu'Ar'Us Kor était aussi client de l'hôtel « Panoramique ».

Je fis ensuite une recherche de ce nom sur l'ensemble des données. Il était également fournisseur de la société des chiffonniers de Bouvines. Le fait qu'il soit à la fois client de deux sociétés et fournisseur d'une autre me troublait. J'avais imaginé découvrir un virement important vers un faux fournisseur qui aurait maquillé le détournement en éliminant mon oncle.

Je proposai à As de commencer par visiter le Panoramique puis les Chiffonniers avant de se rendre à l'adresse du suspect, indiquée sur les factures pour Ar'Us Kor. Je devais en apprendre davantage sur ce Planètarien avant de le rencontrer, après tout, il s'agissait peut-être d'une personne dangereuse. Je me rendis compte que je n'avais pas d'arme, que je ne savais pas me servir d'armes Planètariennes ni même Terriennes et je n'avais aucune protection. J'avais fait preuve d'une certaine naïveté en me lançant dans cette enquête sans être préparée.

Ar'Us Kor et le Panoramique

Le lendemain matin, à la première heure du jour, je me rendis au Panoramique. As devait m'y retrouver.

Je m'étais amusée à programmer l'appartement pour qu'il me réveille dès qu'un rayon rouge de l'étoile de Planète eût touché le hublot. Tout était programmable, c'était plutôt marrant.

Une fois arrivée devant l'hôtel, je sentis mon bracelet vibrer. En le regardant, je m'aperçus qu'un message y était inscrit. Il s'agissait d'As, elle m'indiquait qu'elle aurait une bonne heure de retard. Je décidai de ne pas l'attendre, je n'avais que des questions de routine. Je fus accueillie par la gérante, plutôt nerveuse, elle était venue à ma rencontre sur le pas de la porte.

— Bonjour, madame Marchant, je suis heureuse de vous revoir. Pour quelle raison avons-nous ce plaisir ? me demanda Ir'M'Kol.

Ce que je traduisis au fond de moi par « mais que faites-vous là ? Y a-t-il un problème avec notre société ? », il me fallait la rassurer. J'avais besoin d'elle. À Bouvines, je découvrais les relations hiérarchiques et le stress que provoquait l'arrivée du patron, mon arrivée, dans une société. Je devais trouver les mots pour qu'elle comprenne que je n'étais pas là pour vérifier son travail, mais, au contraire, pour qu'elle m'aide.

— J'ai besoin que vous m'aidiez, je souhaiterais vous parler à vous et à votre hôtesse d'accueil.

Elle passa du vert au vert pâle. Elle pâlissait ! J'avais oublié ma première impression, elles devaient sûrement coucher ensemble. Je ne connaissais pas encore les mœurs de Bouvines. Une relation sur son lieu professionnel était peut-être très mal vue, voir illégale. Je venais de faire une belle gaffe.

— C'est juste au sujet d'un client, ajoutai-je pour la détendre, mais en vain.

Elle tapota discrètement son bracelet et elle me répondit assez calmement :

— Nous avons une salle de réunion que nous louons habituellement pour des séminaires. Je vous propose de me suivre.

Elle me conduisit dans l'hôtel, passa devant l'hôtesse en lui ordonnant froidement de nous suivre vers une porte située vers la gauche où était gravée une vue de coupe de la Voie lactée, le logo du

Panoramique. En la franchissant, je m'aperçus que les étoiles étaient faites de diamants, ce que me confirma la gérante.

— Comme vous le savez peut-être, cette porte coûta une fortune à votre oncle.

— J'avoue ne pas encore connaître dans le détail toutes mes sociétés.

Montrer des faiblesses me paraissait être une bonne stratégie pour qu'elles se détendent et qu'elles comprennent que c'est moi qui avais besoin d'elles.

— Je ne me trompe pas en affirmant qu'à « Le Panoramique » il n'y a que deux employées ? Vous deux ? ajoutai-je.

— Absolument, répondit la gérante, toute l'intendance est effectuée par des machines non intelligentes et surtout pas par des androïdes conscients. Vous voyez, la différence...

— Oui ! Je maîtrise ce sujet, lançai-je avec enthousiasme, ce que vous appelez des machines non intelligentes, ce sont des ordinateurs qui peuvent gérer des tableaux de tailles infinies mais composés d'un élément fini de symboles alors que les machines conscientes peuvent aussi gérer une infinité de données composées de symboles non définis, ce qui leur donne la capacité d'inventer et d'être créative.

Mes deux employées se jetèrent un regard dubitatif.

— Ah ! Je voulais juste dire que la différence était très importante pour nos clients, précisa la gérante. Ce sont des androïdes et ils n'aiment pas être servis par d'autres programmes ayant une conscience. J'avoue que nous n'avons pas très bien saisi votre phrase. Que voulez-vous que nous fassions ?

Je me mordillai les lèvres en constatant ma propre maladresse. Mes connaissances scolaires, ma capacité de travail et ma mémoire infaillible n'y suffiront pas, je me notai d'étudier la psychologie ou la sociologie, bref ces trucs qui n'ont de science que le suffixe. As devrait pouvoir m'y aider.

— Mesdames, si je vous ai réunies, c'est pour parler de l'un des clients de l'hôtel monsieur Ar'Us Kor. Je souhaite en savoir plus sur lui. Le réseau de Bouvines m'a informé qu'il s'agit d'un Planètarien aisé possédant une fabrique de laser utilisé dans l'extraction minière. Je n'en sais pas plus.

Ir'M'Kol se mit à diriger la conversation. Cela m'alla très bien. Elle commença par me détailler le planning de ses venues. Elle m'apprit qu'il était venu quatre fois. Cent vingt-trois jours plus tôt, il était venu rencontrer mon oncle. Ils avaient utilisé la salle de réunion où nous nous trouvions, ils avaient ensuite dîné ensemble et monsieur Ar'Us Kor dormit dans l'une de nos suites. Il n'y avait aucun enregistrement au « Panoramique », mais les registres précisaient le niveau de satisfaction des clients et si celui-ci était médiocre, ou négatif, un commentaire était ajouté par le client ou par la gérante elle-même. Vingt jours après sa première venue, il revint pour une nuit en demandant la suite numéro deux, aucune remarque n'était liée à ce séjour, mais lorsqu'il revint dix jours plus tard, il demanda à changer de chambre. Ir'M'Kol avait alors noté qu'il n'avait peut-être pas apprécié la suite numéro deux. Il prit la numéro quatre pour six nuits. Il semblait avoir apprécié son séjour. Il eut droit à une remise commerciale de cinq pour cent, ristourne décidée par la gérante. Quand celle-ci avait un doute sur la satisfaction du client, elle avait pour habitude de faire un geste commercial. Son quatrième séjour fut bien plus récent, il datait de seize jours. Il s'agissait d'une simple réunion avec mon oncle. La gérante avait indiqué dans le registre que l'entrevue fut houleuse, monsieur Ar'Us Kor ayant qualifié Jacques de « traître », elle avait noté « monsieur Idaho regrette le malentendu avec notre client – client probablement définitivement perdu – inutile de proposer une nouvelle remise ».

Je quittai l'hôtel satisfaite. Je sentais que la pelote de laine commençait à se démêler, même si je n'en étais qu'au début.

As n'était toujours pas arrivée. Je demandai à mon bracelet où elle se trouvait. Il me répondit « chez son avocat ». Quelques instants plus tard, il se mit à vibrer et je lus le message « Je divorce, c'est bientôt fini, conserve ta localisation en mode public, je te rattrape ». Je restai interloquée. Devais-je comprendre qu'elle divorçait de son mari alors que son amant était mort, ou au moins devenu inaccessible ? La procédure de divorce était-elle si rapide ou n'était-ce que le début ? J'avais noté que la succession de Jacques avait été immédiate et automatique. Le divorce ne prenait peut-être que quelques minutes.

Je repris vite le fil de mes pensées et me dirigeai vers les Chiffonniers.

Ar'Us Kor et les Chiffonniers

Irm'At'Or, le directeur des Chiffonniers, était absent. Je fus accueillie par ses deux adjoints, une fantôme de deux mètres aux yeux noirs portant une sorte d'habit d'Arlequin en plastique, et un petit Teleos d'un mètre quarante aux yeux bleus bridés habillé d'une sorte de jeans bleu.

Je ne connaissais pas le prix de la porte de la salle de réunion du Panoramique, mais ici, de toute évidence, le mobilier ne valait rien. Je me trouvais dans une salle surélevée vis-à-vis du hangar où tout était en métal, la table, les chaises et les trois bureaux. De toute évidence ces locaux avaient été imprimés d'un seul tenant.

Nous nous assîmes tous trois autour de la table métallique.

— Je me nomme Elima, débuta la fantôme, et voici mon collègue Mods. Irm'At'Or vous présente ses excuses, mais il avait une réunion cruciale avec un prospect important. Nous espérons pouvoir répondre à vos questions.

— J'en suis persuadée, répondis-je en souriant. Je suis là pour avoir le maximum d'informations sur l'un de vos fournisseurs, un certain Ar'Us Kor.

— Vous voulez dire sa société, LASAR, sa fabrique de laser, me répondit Mods. Nous achetons régulièrement le modèle XV28TR2.

— Oui le modèle TR1 était devenu obsolète, enchaîna Elima.

— Je ne parle pas de la société LASAR, mais bien d'un fournisseur qui se nomme « Ar'Us Kor », répondis-je.

Ils se regardèrent quelques instants puis Elima se leva, prit une feuille de papier tactile sur son bureau qu'elle déplia devant nous.

— Montre-moi les transactions liées au fournisseur Ar'Us Kor, demanda-t-elle.

Deux lignes apparurent sur l'écran papier, la première pour une facture de conseil et la seconde pour un paiement de 100 000 UM.

— Quel conseil peut bien valoir cette somme ? demandai-je.

— Je ne comprends pas madame Marchant. Je vous prie de nous croire, insista Elima.

— Qu'il n'y ait aucune ambiguïté, je ne vous accuse pas. Si l'on regarde de près, on voit d'ailleurs que le paiement a été initié par mon oncle. Le virement date d'il y a quatre-vingt-douze jours. Avez-vous une idée du type de service que pouvait rendre à mon oncle monsieur Ar'Us Kor ?

— Aucun ! Je ne vois pas ce qu'un type comme lui ferait avec monsieur Idaho qui était si ouvert d'esprit et aimé des intelligences artificielles, s'exclama Mods.

— Je ne comprends pas bien, répondis-je.

— Ar'Us Kor était un Planètarien vénéneux, précisa Elima.

— On appelle ainsi les Planètariens qui n'aiment pas les machines intelligentes, ajouta Mods en voyant ma moue d'incompréhension.

— C'est un peu ridicule de ne pas aimer les machines ! Non ? demandai-je.

— C'est surtout rarissime chez les Planètariens, sur mon monde c'est assez fréquent, ajouta Mods.

— Connaissez-vous bien l'histoire de Planète ? me demanda Elima

— Pas vraiment, répondis-je.

— Peu de temps après que les intelligences artificielles naquirent, l'un des grands pays industriels de Planète les déclara illégales. Il fut imité par d'autres états moins importants. Au début, la plupart des personnes ne comprirent pas les conséquences d'une telle politique. Vous comprenez, il s'agissait essentiellement d'êtres immatériels qui se faisaient exterminer par des programmes non intelligents créés par ces nations, jusqu'au jour où un androïde médical décéda au milieu d'un hôpital, car il venait d'aller rechercher une information, vitale pour un patient, qui était stockée dans un serveur situé dans l'un de ces pays. Une coalition de pays se ligua contre ces ségrégationnistes. L'anecdote de l'androïde médical est historiquement vraie, mais de nombreux historiens s'accordent à dire que la vraie raison de la guerre était le frein économique lié à cette politique. Les pays exportateurs d'intelligences artificielles étaient les principaux membres de la coalition. Une guerre éclata. Elle ne dura que dix mois, mais elle fit plus de cent millions de morts parmi les Planètariens et dix pour cent de la surface de Planète était devenue radioactive. Des Planètariens anormaux vivent dans ces zones interdites d'après certaines rumeurs.

— Et depuis la haine des intelligences artificielles est devenue un tabou chez les Planètariens, murmurai-je.

— C'est bien mieux, les Planètariens sont sûrement le peuple le plus pacifique et accueillant de la galaxie. Tous les extra-Planètariens y sont traités comme des Planètariens, précisa Mods.

— Ça m'arrange, marmonnai-je tout bas.

Je repartis des Chiffonniers de Bouvines avec une théorie qui se tenait. Mon oncle, qui pouvait être vu comme un médecin pour machine, se serait fait tuer par un extrémiste détestant les intelligences artificielles. J'étais dubitative, cela n'expliquait pas ce virement d'argent, mais à ce stade de mon enquête, je n'avais pas mieux.

Mon bracelet vibra. As me proposait de manger au Panoramique. J'acceptai la proposition et je me remis en route.

Ar'Us Kor, la rencontre

Je me trouvais dans la salle à manger de l'hôtel. Les tables étaient dressées devant un mur concave fait d'une sorte de verre et offrant une vue panoramique sur Planète. C'était magnifique. Il n'y avait encore aucun client. Un robot, sans conscience et ressemblant à un guéridon, me conduisit à la table ronde centrale où était assise As en compagnie d'un Planètarien. Je le reconnus immédiatement en m'approchant.

— Bonjour madame Marchant. Madame Thom'As est dithyrambique à votre sujet.

Il était vêtu d'un costume gris anthracite légèrement déchiré dans le sens de la longueur au niveau des jambes et des bras. Comme tous les vieux Planètariens, il portait des vêtements peu troués, car sa photosynthèse était peu efficace. Ses cheveux étaient vert - jaune et ses yeux d'un bleu très clair impressionnant.

— Bonjour monsieur Ar'Us Kor, dis-je en m'asseyant. Je suis surprise de vous retrouver ici. Pour être honnête, je m'apprêtais à proposer à As de nous rendre chez vous.

— Souhaitez-vous un apéritif ? demanda le droïde.

— Je prendrais bien un verre de l'excellent Riesling de monsieur Idaho, répondit-il. Et vous mesdames ?

— La même chose, dis-je en cœur avec As.

La situation était gênante, je ne m'attendais pas à le retrouver si tôt. Je n'avais rien préparé. J'avais pensé faire le point sur l'enquête avec As et partir le voir seulement ensuite. Je n'avais aucune idée de la manière d'aborder la question de la mort de mon oncle. Si cet homme était l'assassin, nos vies étaient en grand danger. Il ressemblait toutefois à un paisible grand-père.

— Des amis m'ont informé que vous posiez des questions à mon sujet. J'ai donc pris l'initiative de venir à votre rencontre. J'espère que cela ne vous gêne pas. J'ai toujours eu la réputation de faire le premier pas avec les dames, dit-il en souriant.

Il se fichait de nous ouvertement. Évidemment que nous étions gênées, et en plus il jouait au vieux beau macho.

— Et de quoi parliez-vous avant mon arrivée ?

Je n'avais rien trouvé de mieux à dire.

— J'expliquais à monsieur que je venais de divorcer, répondit As.

— Ah oui, c'est vrai, j'avais oublié. Mais pourquoi as-tu fait ça ?

J'essayais de gagner du temps.

— Mes deux enfants sont grands maintenant, le plus petit est en études supérieures et le plus grand va sûrement se marier cette saison. Mon mari et moi n'avons plus grand-chose en commun depuis pas mal d'années.

— Mais tu vas être seule, précisai-je avec un mouvement de sourcil.

— Je ne voulais pas me retrouver en tête-à-tête avec un mari avec qui je ne partageais plus grand-chose, plus rien du tout, en fait.

— Oui, mais tu vas être seule, insistai-je.

— Ce n'est pas avec lui que j'ai envie de partir en vacances.

— Oui, mais…

Elle était en mode automatique, pas moyen de l'arrêter. Elle ne m'écoutait pas du tout.

— Vous comprenez ce n'est pas avec lui que j'ai envie de voyager à travers la galaxie.

Mais qu'est-ce qu'elle racontait ?

— Jacques et moi possédons un vaisseau spatial. Il était à lui, mais j'en ai entièrement hérité. Il l'avait prévu dans son testament, ça s'appelle l'usufruit.

Elle se parlait à elle-même.

— Il l'a équipé de plein de logiciels sympas.

— Ah, ça existe ? demanda Ar'Us Kor avec un sourire en coin.

— OUI ! Ça existe des logiciels sympas, s'énerva As. Et j'espère que ce n'est pas vous qui avez tué jacques, espèce de sale vieux débile !

Et sans que je ne comprenne exactement ce qui se passait, As avait sauté de sa chaise sur Ar'Us Kor. Ils étaient tous deux tombés à terre.

— Mais arrêtez là, elle me MORD la main, s'écria-t-il.

Devais-je me jeter sur As pour la maîtriser ? Mais s'il était armé, il nous tuerait toutes les deux ! Devais-je aider As ? Mais s'il était un honnête petit vieux… je me voyais déjà passer la nuit en prison. Je vis le droïde guéridon foncer vers nous avec trois verres sur la tête.

— Puis-je vous aider ? demanda la stupide machine.

— Fais venir Ir'M'Kol, lui répondis-je.

Ce robot était vraiment sans intelligence aucune. Il m'obéit en faisant tomber tous les verres et sans même s'interroger sur l'issue de la mêlée. As mordait toujours la main du pauvre Planètarien et avec ses mains, essayait de le frapper sans trop de succès. Ar'Us Kor porta sa main, celle restée libre, à sa poche. Je crus qu'il allait sortir un pistolet, ce qui évidemment était stupide, car nous étions sur Bouvines. Je décidai tout de même de me jeter sur lui. J'attrapai sa main fermement alors qu'elle ressortait de sa poche de pantalon. Je vis qu'elle ne tenait qu'un mouchoir en tissu quand une main ferme m'agrippa par-derrière et me repoussa sous la table.

« Arrêtez monsieur Ar'Us Kor ! » entendis-je.

Je ressortis à quatre pattes.

Irk Ik Ark se tenait debout. Un androïde blanc tenait fermement As qui continuait à se débattre et un autre passait des sortes de menottes à Ar'Us Kor. As se mit soudainement à pleurer à chaudes larmes sur l'épaule métallique du policier artificiel.

— Je peux tout vous expliquer, commençai-je par dire au commissaire qui se mit à rigoler.

— Mais que voulez-vous m'expliquer ? me dit-il en me regardant avec ses gros yeux de mouche. Je suis venu arrêter MONSIEUR Ar'Us Kor pour le meurtre de votre oncle ou plus précisément pour la fabrication du dispositif qui fit exploser le mur de la société « Mise en veille ». Pendant que vous faisiez les pitres à enquêter de votre côté, nous avons déterminé l'origine des composants du dispositif. L'un d'entre eux portait même un numéro de série. Quel amateurisme ! Il provenait de la société LASAR. Nous venons à l'instant de la perquisitionner et nous avons découvert des plans qui pourraient être ceux du dispositif. J'en étais le premier surpris, mais mon supérieur juge que les charges sont suffisantes pour l'arrêter.

— Je vous signale que notre enquête nous a menés au même homme, répondis-je avec aplomb.

— Mais vous vous croyez où, ma petite dame ? Vous débarquez de votre Terre, qui – excusez-moi l'expression – est sous-évoluée et vous pensez pouvoir enquêter comme ça. Vous n'avez aucune idée de nos méthodes d'investigation. Vous n'avez aucune idée de la complexité des relations sociales à Bouvines. Vous n'avez aucune idée de nos lois. Vous…

— L'anaphore ça marche au début, mais pas très longtemps vous savez ?

— Quoi !

— Non rien.

— C'était très dangereux. Votre investigation aurait pu mal tourner. Occupez-vous plutôt de l'état de votre amie. Elle devrait voir une psy, enfin une de ses consœurs.

Sur ce dernier point, il n'avait pas tort. Sur les précédents non plus, même si j'avais du mal à admettre que nous aurions dû, sans rien faire, attendre les résultats de l'enquête officielle.

As s'était calmée. Elle était assise sur une chaise face à la baie vitrée. Je m'approchai d'elle alors que le commissaire et ses deux androïdes emmenaient le suspect.

— Remise de tes émotions As ?

— Oui, merci, Solène, ça va mieux. Je suis désolée de m'être emportée. Notre enquête est finie ?

Je m'assis à côté d'elle.

— Je n'en suis pas certaine.

— Tu as trouvé une idée pour guérir Jacques sur Terre ?

— Oui, mentis-je avec assurance.

— Parfait, je vais m'occuper de remettre son corps aux autorités. Je te retrouve par la suite.

Extrait du mémoire de madame Thom'As

ANALYSE DU DECALAGE TEMPOREL DE LA TERRE, PAR 54 126

Suite aux différentes expéditions sur la Terre et à leurs échecs relatifs, le gouvernement de Bouvines m'a chargé d'analyser la situation spatio-temporelle terrienne.

Sachant que mes lecteurs – le gouvernement – ne seront pas de formation scientifique, je me permets de commencer par un rappel théorique.

Par le passé, alors que nous commencions à explorer l'espace, alors que nous pouvions déjà décompter les deux cents vingt-cinq milliards de galaxies composant l'univers et les deux cents milliards d'étoiles composant la Voie lactée, nos astronomes étaient confrontés à l'énigme de « l'anomalie de la vitesse angulaire ».

La théorie prédisait que la vitesse de rotation des étoiles devait décroître en s'éloignant du centre de la galaxie ou, dit autrement, en ne prenant en compte que la force de gravitation, les corps en rotation autour d'une masse centrale ont une vitesse angulaire qui décroît avec la distance au centre.

Toutes les observations contredisaient cette théorie. La vitesse angulaire décroissait bien moins vite, les calculs montraient qu'elle était même constante sur de très grandes distances.

Pour résoudre cette incohérence théorique, les physiciens pensaient qu'il existait une matière invisible, baptisée « matière noire », qui exerçait une action gravitationnelle additionnelle sur les étoiles du disque galactique. Ils postulaient l'existence de corps célestes qui, contrairement aux étoiles, ne brillaient pas et qui par conséquent n'étaient pas observables.

Cette masse supplémentaire leur permettait d'expliquer les vitesses angulaires observées. Tout cela était absurde, comme bien d'autres théories de l'époque.

Nos ancêtres se trompaient, car leurs théories reposaient sur le postulat de la constance des lois de la gravité dans tout l'univers. Comme nous le savons maintenant, « l'anomalie de la vitesse angulaire » a pour origine la force interstellaire qu'il faut combiner à la force d'attraction gravitationnelle. Cette force est négligeable sauf dans les segments interstellaires, où l'on trouve suffisamment de masse alignée. En suivant ces lignes il est possible d'atteindre et de dépasser la vitesse de la lumière et par là même compresser le temps.

Une autre particularité est que la distorsion temporelle étant liée aux masses respectives des étoiles alignées, elle n'est pas la même dans un sens que dans l'autre.

« *Oh que c'est chiant ! Je préfère l'informatique.* » me dis-je tout en sautant ce chapitre du mémoire.

Chapitre 5 QUATRIEME RETOUR SUR TERRE

Le réveil sonna « 05H45 ».

J'étais dans mon lit, à Versailles, sur Terre. Ma petite sœur était devant moi, elle me regardait avec un air étrange.

— Papa est parti, ou il n'est pas rentré, je ne sais pas. Il m'a envoyé un texto pour me dire qu'il revenait demain soir, il a un déplacement professionnel à Berlin, il dit aussi et que tu dois t'occuper de moi. Tu pourrais lui dire la prochaine fois que je suis en classe de seconde et que je peux me débrouiller toute seule.

— Ah Oui ! Laisse-moi me réveiller lentement.

J'avais aussi reçu un texto de mon père qui me demandait de m'occuper de ma sœur.

— Tu dors bizarrement ces derniers temps. Tu es plus qu'immobile, on a l'impression que tu es figée.

— La givrée, c'est toi, Lorraine, je te signale que tu me regardes dormir et que tu es au pied de mon lit à mon réveil ! Mais bordel, ça fout la trouille.

— Je trouve que Papa est un vrai salaud.

— Car il trompe maman ? demandai-je en bâillant.

— Non ! car il nous laisse seules toutes les deux.

— Je croyais que tu étais assez grande ?

— Tu t'es mise au karaté ! Si on est victimes de Home Jacking, tu vas faire quoi ? C'est toi qui va nous défendre ?

— Je mordrai la main du méchant.

— Quoi ? Mais c'est n'importe quoi, je vis dans la famille la plus bizarre de Versailles, j'crois bien !

Après avoir pris ma douche et m'être habillée, j'envoyai un texto à ma mère pour avoir des nouvelles de mon oncle tout en préparant le petit-déjeuner pour ma sœur et moi.

Elle ronchonnait toujours contre notre père, mais je savais qu'elle continuerait à respecter ma stratégie du silence. Quand j'avais découvert qu'il avait une maîtresse, ma première réaction fut la colère, mais, par chance, maman n'était pas encore à la maison. J'étais seule avec ma petite sœur. Je venais de pirater les comptes mails de mes parents. Ils avaient un compte personnel chacun, mais aussi un compte professionnel et c'est avec ce dernier que mon père communiquait avec sa maîtresse. Je téléphonai à ma mère. Je tombai sur son répondeur. Je décidai de ne pas laisser de message. Dans l'un des courriers électroniques, je trouvai le numéro de téléphone de la maîtresse, c'était un numéro de fixe. Je composai le numéro.

— Allo, mon papa et ma maman ne sont pas là, je peux prendre un message ?

C'était la voix d'un petit garçon. Je raccrochai sans dire un mot. Tout dire à maman aurait des conséquences désastreuses sur notre famille, mais pas seulement.

J'expliquai la situation à ma sœur. Je lui proposai de ne rien dire. Elle était d'accord. Ce qui m'étonna fut qu'elle trouva un tout autre argument pour justifier notre silence. Selon elle, maman était tellement attachée à notre image de famille parfaite que tout lui révéler serait catastrophique. Son monde s'effondrerait.

> « L'état de Jacques est étonnamment stable selon les médecins. »

Maman venait de répondre à mon texto.

Un procès sur Bouvines

À mon retour sur Bouvines je ne retrouvai plus As. Non pas qu'elle n'était pas dans la pièce à m'attendre, cela n'aurait pas été la première fois, mais mon bracelet n'était pas en mesure de me donner sa localisation. Je demandai à mon appartement s'il était possible de localiser As d'une autre manière. Il me donna la même réponse négative que mon bracelet. Au même moment, ce dernier m'annonça que l'arrestation d'Ar'Us Kor était médiatisée. Après mon arrestation, ma libération avait été immédiate, je m'interrogeais, est-ce que sur Bouvines les procès étaient tous aussi rapides ? La salle d'interrogatoire m'avait laissé une impression très positive.

— Quel média évoque l'arrestation ? demandai-je au bracelet.

— Il y a treize mille trois-cent-huit médias différents qui traitent de ce sujet. Lequel dois-je afficher ?

C'était cela la différence entre une machine intelligente et un stupide bracelet. Cette stupide machine pensait que j'allais choisir entre des milliers de chaînes, ou plutôt non, elle ne pensait malheureusement pas.

— Diffuse-moi le média préféré de mon oncle, finis-je par répondre.

Ma ruse fonctionna. Une sorte d'image télé sortit de mon bracelet s'éleva jusqu'à mon visage puis elle s'enroula autour de ma tête. Je voyais une pièce avec un journaliste qui se tenait debout à deux mètres de moi, mais tout était en transparence, car je pouvais encore distinguer mon appartement. Très vite je fus prise de vertige et de nausée.

— Je souhaite une diffusion en deux dimensions, demandai-je à tout hasard.

Aussitôt l'image s'éloigna de ma tête et se transforma en un écran flottant à deux mètres de moi.

— Je souhaite une diffusion écrite, tentai-je et de nouveau cela fonctionna.

Mon bracelet adaptait le type de diffusion du média à ma demande. J'avais maintenant un écran volant au-dessus de ma main. C'était très ressemblant à une tablette tactile sans aucune partie solide, mais avec une résolution exceptionnelle. Je m'aperçus que je pouvais tranquillement bouger mon bras, le bracelet arrivait toujours à me projeter l'image nette de la tablette juste devant moi. Je pus lire tranquillement l'article de presse assise à mon bureau.

> « Ar'Us Kor est un Planètarien élégant. Très élégant. Il porte à la boutonnière la légion honorifique de Bouvines et le déshonneur dans le regard depuis qu'à la barre de la dix-huitième cour d'assises de Bouvines, il comparaît pour crime en bande organisée. Le Planètarien, issu d'une des plus vieilles familles de Bouvines, dépose d'une toute petite voix, au point que la salle présidente lui demande de parler plus fort et plus clairement. Il nous est difficile de croire qu'il s'agit d'un ancien conseiller spécial, c'était il y a à peine trente-quatre ans et à cette époque, il n'avait pas de mots assez flatteurs pour sa victime, Jacques Idaho, qu'il qualifiait alors de dernier rempart contre la vermine artificielle.
>
> Quel évènement a pu pousser cet idéologue du mouvement anti-androïde à commanditer ce crime ? Des rumeurs sont parvenues jusqu'à nous, il est dit qu'il a avoué son crime lors de son arrestation. L'arrivée dans la danse de son avocat, le célèbre Nard'Mig, risque de nous laisser sur notre faim, car après avoir nargué les médias il nous lança : “Seuls les faits nous intéressent ici et, en aucun cas les rumeurs ou les motivations inventées par des Planètariens au crâne mou et en manque de sensations”. Nard'Mig ne fera pas mentir son surnom d'avocat le plus sulfureux de l'histoire. D'une efficacité redoutable, il a pour habitude de passer au crible tous les faits et d'écarter toute allusion à des hypothèses sans preuve, mais surtout de faire

ressortir des hypothèses alternatives et des témoins de dernière minute. Sa non moins célèbre collègue, la fameuse Ul'Irk'A prend le relais et lance aux médias : "Nous prouverons l'innocence de notre client qui fut un grand ami de la victime". Un très beau procès nous attend à nouveau. »

J'étais perplexe à la lecture de cet article. Je croyais mon oncle aimé des intelligences artificielles. Comment pouvait-il être considéré comme un rempart face aux machines ? Quelque chose m'échappait. En tout cas, le procès durerait plus que cinq minutes. La parution devant la cour avait été très rapide, mais le reste prendrait du temps. Et où était As ? Elle aurait pu m'aider à comprendre tout ça !

— Appartement, où est As ? demandai-je à nouveau.

— Je ne sais pas Solène, son bracelet est probablement en mode « privé ». Elle souhaite ne pas être jointe, me répondit l'ordinateur gérant mon logement.

— Est-il possible de connaître sa dernière position publique ?

— Non, suivre en permanence une personne n'est autorisé que pour les forces de l'ordre.

Quelque part, cette information me rassura, Bouvines n'était pas une station à la Huxley.

Je décidai de me remettre au travail sur l'ordinateur de mon oncle. Il avait passé cent trente ans sur Bouvines. Je ne connaissais que sa dernière situation. Je devais découvrir ce qu'il avait fait durant tout ce temps, cela pourrait m'aider à le soigner, je devais aussi retrouver

As et surtout comprendre pourquoi aucune société de mon oncle n'était reliée au réseau. Nous avions trouvé son assassin, mais quelque chose n'allait pas. Je pressentais que c'était une chose essentielle.

— Appartement, quelle est l'espérance de vie d'un Planètarien ?

— Deux cents dix ans, Solène.

— Ah oui ! m'exclamai-je.

Depuis mon arrivée, de nombreuses choses m'avaient échappé.

Isonder'Al sonne à la porte

Je sentais que la solution du réveil de Jacques passerait par l'étude et la compréhension de son histoire sur Bouvines. Jacques avait quarante-huit ans. Je partais de l'hypothèse qu'il eut, tout comme moi, son premier transfert à dix-huit ans. Toutes les nuits, durant trente ans, il fut en transfert terrestre soit cent cinquante ans sur Bouvines. Mon oncle passa cent cinquante ans sur cette station.

Jacques m'avait dit qu'il était devenu riche sur Bouvines il y a cinq ans, en temps terrestre. Lors de son aventure avec le logiciel gérant la gravité de station, l'administrateur l'avait soi-disant récompensé. C'était il y a vingt-cinq ans planétaires. C'est à cette période qu'il rencontra As. Je ne savais rien de la vie de mon oncle sur Bouvines avant cette date, soit une période de cent vingt-cinq ans.

As m'avait dit qu'au moment de leur rencontre, il possédait déjà un appartement de vingt-cinq mètres carrés. Ce n'est pas rien, un tel appartement sur Bouvines. Je savais maintenant que cette station était l'endroit le plus cher de Planète.

Pour fixer les idées, je devais essayer de faire une sorte de conversion Unité Monétaire et Euro. Mon but était d'évaluer les sommes en jeu. J'avais l'impression d'être ma grand-mère ; pour elle, quinze euros ce n'était même pas cent francs, mais dix mille anciens francs. En me basant sur le rapport des salaires moyens entre Bouvines et la France, j'en arrivais à la conclusion que 5 000 UM équivalaient à deux mille euros. Un beau vingt-cinq mètres carrés à Paris valait environ deux cents cinquante mille euros. Il y a vingt-cinq ans, mon oncle n'était pas vraiment pauvre, il avait déjà un petit capital. D'un autre côté, après avoir travaillé cent vingt-cinq ans, cela me paraissait très peu. Il était fort probable qu'il vivait confortablement, il devait avoir de l'argent placé ailleurs. Tout cela devenait compliqué.

— Appartement, quel est le capital de mon oncle ? Ou plutôt quel est mon capital actuel ?

— Votre patrimoine est actuellement évalué à quatre-vingts milliards d'unités monétaires.

Je restai stupéfaite.

Cette somme me sidéra. Mon oncle était une sorte de Bernard Arnaud de l'espace. Il s'était considérablement enrichi en vingt-cinq ans !

— Appartement, je suppose qu'il y a un classement des plus grandes fortunes de Bouvines. Suis-je dans ce classement ?

— Oui mademoiselle, vous êtes la septième fortune de Bouvines.

J'étais perdue. Mes pensées se bousculaient. Tout tournait. Jacques avait-il menti ? Ses sociétés ne pouvaient valoir une telle somme. Comment était-ce possible ? Vivre cent-cinquante ans dégradait-il le cerveau, d'où son état ? Où était passée As ? Pour la première fois de ma courte existence, je n'arrivais même plus à réfléchir.

— Mademoiselle Isonder'Al souhaite pénétrer dans votre bureau, DING DONG, annonça l'appartement.

Mon trop-plein d'idées s'apprêtait à rencontrer le vide cervical. As aurait trouvé cette réflexion bien méchante, mais, après tout, je ne lui avais jamais dit que j'étais gentille.

— Faites-la entrer, dis-je à mon appartement.

— Bonjour madame Marchant, c'est Isonder'Al ou Alison comme vous voulez, me dit-elle du pas de la porte.

— Entrez Alison, n'hésitez pas. Je suis derrière mon bureau. Que me vaut l'honneur de votre visite ?

— Oh ! Vous parlez aussi bien que votre oncle, me répondit-elle avec son sourire niais.

Elle n'avait presque pas de vêtements. Sa poitrine était cachée par des sortes de patchs, comme ceux que l'on applique pour lutter contre le tabac, accompagnées d'un mini-short vert, couleur peau, et elle chaussait des bottines vertes à talons hauts.

— Je suis venue vous apporter R2-2/05/2, car il fait de drôles de bruits, il veut sortir voir votre oncle enfin, c'est ce qui est noté sur son écran holographique là, juste là, enfin là on ne le voit plus, mais avant c'était là, et comme c'est une machine stupide, enfin pas intelligente vous voyez, je ne savais pas quoi faire alors je me suis dit monsieur Idaho aurait voulu que je l'apporte à sa nièce. J'ai bien fait non ?

— Oui Alison vous avez bien fait, répondis-je en essayant de garder mon sérieux.

Je la vis faire demi-tour, aller à la porte et revenir avec le petit robot jardinier baptisé trivialement par mon oncle R2-2/05/2.

— Voilà, je le pose là devant votre bureau.

Elle me fit ensuite la bise et elle repartit toujours souriante. Étudier ce droïde me permit de me changer les idées. Je le branchai sur mon ordinateur. Toutes ses caractéristiques de base apparurent. Je commençai immédiatement par le renommer en « Jar-droïde01 », ce terme me paraissait plus approprié et surtout moins vulgaire. Son flux de travail était assez basique. Il devait toutes les semaines retrouver Jacques, prendre un objet, le placer dans son tiroir, aller aux vignes de Bouvines, se connecter sur chacune des lignes de production, vérifier leur fonctionnement, enregistrer les erreurs, aller à la troisième rangée, aller au cinquième pied de vigne, creuser, y placer ce qui est dans le tiroir, boucher le trou, aller à « Robots planteurs », enregistrer les erreurs des lignes de production. Une seule exception spécifique était gérée, en cas d'anomalie majeure aux vignes de Bouvines, il fallait se précipiter pour retrouver Jacques et émettre trois BIPS.

Pourquoi mon oncle faisait enterrer un objet toutes les semaines ?

— Appartement, où est As ? demandai-je pour la énième fois.

— Je ne sais pas Solène, son bracelet est probablement en mode « privé ». Elle souhaite ne pas être jointe, me répondit l'ordinateur gérant mon logement.

— Est-ce possible de lui laisser un message ?

— Bien entendu mademoiselle, quel est le message ?

— As, je retourne aux Vignes de Bouvines. Tu peux m'y retrouver, ça m'inquiète de ne pas avoir de tes nouvelles.

Ce que cachent les vignes

À nouveau, je me trouvais aux Vignes de Bouvines. J'étais seule avec Jardroïde01. Aucun signe d'As. Cela commençait réellement à m'inquiéter.

J'avais modifié le pointeur temporel de Jardroïde01. Je l'avais placé à l'étape « se connecter sur chacune des lignes de production ». Je relançai le flux afin d'examiner chaque étape de son travail.

Jardroïde01 se connecta à chacune des rangées de vignes. Il alla ensuite se placer à la quatrième rangée, il se dirigea vers le septième pied de vigne. Je m'en étais doutée. Mon oncle avait volontairement un programme dans l'une des lignes qui modifiait celui de base de Jardroïde01. Il était à parier qu'au retour à « Robots planteurs », il rechargeait son programme initial. L'analyse de Jardroïde01 ne permettait pas de connaître sa destination réelle. C'était une énième mesure de protection. Qu'avait-il sous le cinquième pied de la troisième rangée ? Il était préférable de ne pas aller vérifier. Il s'agissait peut-être d'un système d'alerte, d'un piège ou d'une bombe.

Je regardais Jardroïde01 creuser et d'un mouvement vif je m'emparai de ce qui était enterré, un simple bout de papier. Jardroïde01 fonça immédiatement vers la troisième rangée, j'eus à peine le temps de ranger le papier dans ma poche qu'il avait déjà atteint le cinquième pied de vigne. La perte de l'objet enterré l'avait mis en mode alerte. A peine avait-il commencé à creuser qu'un « ding », style micro-onde, retentit suivi d'un flash lumineux.

Tout était noir. Je n'arrivais pas à me rendre compte si j'avais juste chuté ou si j'avais perdu connaissance. Il n'y avait plus une seule lumière. Il était peu probable que j'aie perdu la vue, mais même ma main, je ne parvenais pas à la voir. Toutes les machines étaient éteintes. Le silence de la pièce me terrifiait. Je me concentrais pour percevoir des sons. Il y en avait, mais très lointain, très faible et je n'arrivais pas à les identifier. Je décidai d'avancer à quatre pattes vers la porte. Le son de mes mains, de mes genoux et de ma respiration me rassura. L'entrée de la société était une double porte en acier blindé. Elle s'ouvrait automatiquement, mais là, rien de fonctionnait. Je m'assis dos à la porte. Je devais vérifier que je n'étais pas blessée. Je n'étais pas médecin. Je ne savais pas trop quoi faire. Je me contentai de me toucher de la tête au pied. Mon coude gauche était douloureux. J'avais donc dû chuter, mais je ne m'étais pas vraiment fait mal.

J'étais prisonnière des Vignes de Bouvines, plongée dans le noir sur une station spatiale située à plus de vingt années-lumière de la Terre. Jardroïde01 s'était mis en alerte quand j'avais ramassé le papier à sa place, encore une mesure de protection de mon oncle. Le robot avait alors déclenché un mécanisme situé sous le cinquième pied de vigne de la troisième rangée. Je n'avais pas entendu d'explosion. Ce n'était pas une bombe.

— Un interrupteur ? dis-je à haute voix.

« *Pas de panique Solène, ici tout est automatisé. Des secours vont sûrement arriver d'une minute à l'autre, donc on se calme et on va commencer par arrêter de parler toute seule.* »

Je devais me concentrer, rester calme, assise, respirer lentement, économiser l'oxygène.

« *Mais non les secours vont arriver d'une minute à l'autre, pas besoin d'économiser l'oxygène. C'est fou toutes ces pensées qui tournent en rond dans ma tête. Les pensées qui tournent en rond dans ma tête. Les pensées qui tournent en rond, qui tournent en rond.* »

— Mais quelle idiote ! m'exclamai-je seule dans le noir.

J'avais compris. Je savais comment réveiller Jacques. Il me l'avait dit, c'était évident. Quelle sotte ! À Bouvines, il devait y avoir des supraconducteurs depuis belle lurette.

« Je dois patienter. Les secours vont arriver. J'irai ensuite tout droit à l'appartement pour réveiller Jacques. »

Ils commençaient à traîner tout de même.

« Éloigne-toi de la porte Solène, imagine que les secours la fassent sauter tu aurais l'air malin ».

Je commençais vraiment à trouver le temps long.

« Peut-être devrais-je faire du morse en tapotant la porte ? Non c'est idiot Solène, personne ne connaît le morse sur Bouvines, pas même moi d'ailleurs. »

Dans un bruit strident qui me fit couvrir mes oreilles, la porte s'entrouvrit. Le commissaire Ark, suivi par deux lieutenants droïdes, entrèrent dans la pièce.

— Je suis heureux de vous retrouver saine et sauve, me dit-il en souriant.

— Merci, moi de même.

— Que s'est-il passé ? me demanda-t-il.

— Je n'en sais rien, j'étais en train d'inspecter mon entreprise et soudainement tout s'est éteint.

— Commissaire, hurla l'un des droïdes, la bombe à impulsion électromagnétique est ici.

— Vous soutenez que vous ne savez pas ce qu'il s'est passé ? demanda à nouveau Ark en me regardant fixement.

— Oui.

— Solène, prenez bien soin de vous. Je ne devrais pas vous le dire, mais Ar'Us Kor n'est pas l'assassin de votre oncle. Il a été manipulé. Il aurait été incapable de construire la bombe, même si tout l'accuse. J'ai l'impression qu'il veut terminer sa carrière publique sur une affaire spectaculaire. Faites comme la conseillère Thom'As, prenez des vacances le temps que je boucle cette enquête.

— Rassurez-vous, j'ai l'intention de rejoindre mon appartement et d'y rester calmement, dis-je en m'éloignant.

— Attendez ! me lança Ark. Prenez ce bracelet. Il est neuf. Entrez votre code et il se mettra à jour. Vous n'auriez pas été bien loin sans aucun bracelet d'identification, en tout cas pas jusqu'à votre quartier de millionnaires.

Sauvegarde et restauration

Une fois chez moi, au calme, je sortis de ma poche le papier. Il y était inscrit CIII.18, !f~j8P9J-gY34Dh (. Cela ne m'avançait guère. Peu importe le papier, je savais maintenant comment réveiller mon oncle.

— Appartement, as-tu une vidéo de mon oncle travaillant à son bureau ?

— Non Solène, il n'y a aucun enregistrement vidéo autorisé dans votre appartement.

J'aurais dû m'en douter.

— Appartement, sais-tu où mon oncle rangeait ses câbles informatiques ?

— Je ne comprends pas bien le terme « câbles informatiques ».

Il n'avait pas tort, toutes les communications s'effectuaient à l'aide de rayonnements cohérents, des sortes de laser.

— Appartement, ouvre-moi toutes les portes des placards ou des armoires.

Des placards sortaient du sol, d'autres du plafond et toutes les portes s'ouvrirent. J'ai ainsi pu constater que la garde-robe de mon oncle était abondante. Il y avait même un placard dédié à As, enfin j'imaginais mal Jacques s'habiller avec ce qu'il y avait dedans. Je trouvai ce que je cherchais dans un petit coffre étiqueté « informatique » et contenant divers câbles et des prototypes de robots. Je pris le câble le plus long qui ressemblait à un câble USB terrien. Sur l'un des pieds de la table de transfert, je trouvai un connecteur. Il était très discret et il pouvait passer pour une simple rayure ou une tâche, mais non, il s'agissait bien d'un port pour ce câble. Je déroulai le câble jusqu'à mon bureau et je connectai l'autre extrémité au hublot.

— Sécurisation le temps de la restauration, m'annonça mon appartement.

Devant la porte d'entrée, une seconde porte blindée venait d'apparaître. J'étais enfermée.

— Appartement, quelle est la durée prévue de l'isolation ?

— La restauration prendra approximativement trente et une heures.

Si j'avais su, j'aurais pris de la lecture. J'allais devoir me contenter des milliers de médias proposés par mon bracelet. En tout cas, j'avais vu juste. Le hublot était un système de stockage supraconducteur. Jacques l'utilisait pour sauvegarder sa propre mémoire. Cela ne devait pas être si compliqué puisque dans son cas, et le mien, nos pensées étaient transférées de la Terre vers notre corps sur Bouvines. Il avait sûrement copié ou dupliqué le flux. Le hublot était conçu sur le modèle d'une Intelligence Artificielle. Il pouvait facilement contenir l'esprit d'un humain. La restauration consommait probablement une énergie considérable, mais pour la fortune de mon oncle, cela ne représentait rien. Je décidai de m'asseoir au bureau et d'attendre tranquillement.

— Solène, vous avez un message de l'un de vos gestionnaires de patrimoine.

— Diffuse-moi son message.

« Madame Marchant, nous ne nous connaissons pas, mais je suis en charge de gérer la partie flotte de votre patrimoine. J'ai une très mauvaise nouvelle. Le testament de votre oncle prévoyait de donner l'usufruit du Monas à madame Thom'As. Ce qui n'était pas une clause abusive puisque vous en restiez propriétaire. Elle a pris possession du vaisseau interstellaire et elle a quitté notre système ce matin même. Je ne vous dérange pas pour cela, mais à cause de la destination qu'elle a prise. En effet elle se rend dans un système qui n'est pas couvert par votre assurance. Je me suis renseigné, aucun assureur n'accepte de couvrir cette destination jugée trop dangereuse. Je suis désolé, mais la règle fiscale est très précise. Dans le cas d'un bâtiment qui n'est plus couvert par un assureur, sa valeur supposée doit être fixée à zéro. J'en suis vraiment navré, j'ai tout fait pour trouver un assureur. Je suis rentré en contact avec d'autres stations et même avec d'autres systèmes solaires. J'en suis effondré, mais votre capital vient de diminuer d'un peu plus de vingt milliards. »

J'allais donc devoir annoncer à mon oncle qu'il a perdu vingt milliards. Je décidai de ne pas le lui dire à son réveil. Cette perte était insignifiante. J'étais tellement heureuse d'avoir trouvé le moyen de sortir Jacques de son sommeil.

— Solène, vous avez un message du conseillé spécial de l'administrateur, monsieur Cent-trois-mille-dix-huit.

— Oui, diffuse-moi également le message.

« Bonjour, Solène, j'ai essayé de vous joindre, mais sans succès. Je me permets donc de vous laisser ce message. Je suis assez inquiet. Au ministère, nous n'avions plus de nouvelles de madame Thom'As et je viens d'apprendre qu'elle a quitté notre système. Savez-vous pourquoi elle est partie ? Et pour quelle destination ? Merci de me contacter au plus vite. »

Ces deux messages devaient avoir été envoyés alors que j'étais prisonnière des Vignes.

— Appartement, y a-t-il un décalage temporel programmé entre le moment où un message est reçu et le moment où tu me le diffuses ?

— La règle actuelle est de diffuser les messages au moment où vous commencez à vous détendre. Votre oncle ne souhaitait pas être dérangé quand il travaillait ou quand avec madame Thom'As, ils…

— Oui j'ai compris, interrompis-je mon appartement. Change la règle. Les messages doivent m'être diffusés dès mon arrivée.

— Au moment où vous entrez dans l'appartement ou dès que vous êtes devant la porte ?

En moins d'une semaine, je m'étais habituée aux machines intelligentes et je trouvais maintenant cet appartement particulièrement stupide.

— Appartement, diffuse-moi les messages au moment où je passe la porte plus dix secondes.

— Modification enregistrée.

C'est à ce moment que j'eus l'idée de donner à mon appartement la voix d'un acteur célèbre très beau et bien débile. Mais lequel choisir ? Il y avait pléthore de comédiens répondant à ces critères !

Extrait du mémoire de madame Thom'As

LES SPORTS TERRIENS

Afin de mieux appréhender la psychologie humaine, ce chapitre présente une analyse économique de leurs activités sportives.

Le sport est présent de la plupart des cultures de la galaxie, bien entendu les règles et les disciplines varient en fonction des espèces. Chez les humains, les différents sports sont liés à la vitesse de déplacement ou à l'adresse. Ils sont individuels ou collectifs. Nous pouvons citer comme exemple de sport individuel « la course à pied » que l'on retrouve dans la plupart des races de la galaxie possédant des pieds. Nous citerons également la « balle au pied », comme sport collectif, jeu d'adresse qui consiste à lancer avec le pied un ballon dans un but. Comme pour la plupart des races de la galaxie, les activités sportives sont généralement liées à leurs capacités intrinsèquement limitées, pour les humains, nous citerons la nage, le saut en hauteur ou la coordination d'équipe. En annexe, vous trouverez une liste exhaustive des activités sportives humaines.

Une particularité étonnante n'est pas liée aux règles, mais à la présence de spectateurs observant d'autres humains faisant un sport. Je précise que cette observation n'est pas une pratique liée à leur rituel d'accouplement (voir le chapitre consacré à la danse). Il apparaît que le fait d'observer une personne, ou une équipe, faisant du sport, apporte du plaisir aux humains. Ils s'investissent émotionnellement dans le soutien à un sportif, ou à un groupe de sportifs. Le déroulement du jeu leur apporte une excitation – qu'ils ne dissimulent pas, bien au contraire – ils ont tendance à pousser des hurlements et à s'agiter sur leur siège. La victoire du sportif soutenu leur procure une joie intense, parfois proche de l'hystérie, et sa défaite une profonde tristesse pouvant les conduire à la colère.

Y a-t-il d'autres races avec un comportement semblable ? Nous connaissons tous les Grana qui aiment s'observer, mais cela est lié à leur nature minérale qui les rend tout particulièrement contemplatifs.

Ma théorie est que ce comportement est lié à leur passé. Les humains ont toujours chassé en groupe. Ils reproduisent ce comportement primitif en considérant le sportif comme jadis le chef de meute. Une victoire leur rappelle instinctivement le festin pris autour du feu après une chasse réussie, une défaite est à l'inverse synonyme de disette produisant la colère contre les chasseurs ou contre un clan adverse qui aurait emporté la proie.

Doit-on en conclure que l'évolution technologique humaine n'a pas amélioré leurs troubles psychologiques ? Je laisse cette question en suspens.

Chapitre 6 CINQUIEME RETOUR SUR TERRE

Le réveil sonna « 05H45 ».

J'étais dans mon lit, à Versailles, sur Terre.

Lorraine n'était pas au pied de mon lit.

— Solène !

Elle était derrière la porte de ma chambre.

— Solène, je constate que tu as fermé la porte de ta chambre alors que nous ne sommes que toutes les deux. C'est pas très sympa !

— Normal, je suis avec mon copain.

— Quoi ?

— Je déconne, répondis-je en ouvrant la porte. Tu as bien dormi ?

— Oui. Maman nous a envoyé un SMS pour nous signaler que Jacques allait un peu mieux. Papa nous a ensuite envoyé un SMS pour dire qu'il arrivait tout de suite. Il pense vraiment que l'on va croire qu'il est rentré de Berlin durant la nuit ?

— Tu sais, il nous voit encore comme des gamines de moins de dix ans. La dernière fois, il t'a rapporté un ours en peluche. Pousse-toi de devant la porte.

— Pourquoi ?

— Lorraine, je dois aller aux toilettes, je viens de me lever ! Laisse-moi passer, ordonnai-je fermement.

— Tu t'en fous de moi ! me dit-elle en partant. Tu deviens comme Maman, ajouta-t-elle en descendant les escaliers.

— PAPA se gare devant la porte, l'entendis-je hurler de joie alors que j'entrais dans la salle de bain.

Après le petit-déjeuner, nous partîmes à l'école où j'essayai, pour une fois, de me concentrer sur mes cours et non sur « comment ramener Jacques ». J'avais réussi. J'étais tellement enthousiaste que j'embrassai Victor lors du déjeuner.

Le soir, nous arrivâmes au Grand Hôtel de Cabourg vers vingt heures. L'établissement me paraissait inchangé, immuable depuis mon enfance. Marcel Proust y avait passé ses étés avant la Première Guerre mondiale. Je me demandais à quel point l'hôtel avait changé. La taille des chambres n'était sûrement plus la même. Sans parler du chauffage qui devait être totalement différent. Le chauffage central existait peut-être déjà dans les années mille neuf cent dix.

— MAMAN ! s'écria Lorraine en interrompant mes pensées.

Elle venait de rentrer dans la chambre – appartement.

— Bonjour toute la famille, répondit notre mère.

— Bonjour Maman. Papa prend une douche, il avait besoin de se détendre après notre voyage, lui dis-je.

— C'est très bien, j'ai une bonne nouvelle, votre oncle va mieux.

— Il est réveillé ? demandai-je.

— Pas vraiment, mais il n'est plus dans le coma. Les médecins ne comprennent ni ce qui lui est arrivé ni son état actuel. Avant, il était complètement figé, mais sans aucun traumatisme apparent, maintenant il dort la plupart du temps et de temps en temps il se réveille en parlant bizarrement.

— Comment ça « en parlant bizarrement » ? tu veux dire qu'il ne parle pas français ?

— Oui, mais il ne parle pas anglais ou une autre langue, ce qu'il dit est incompréhensible hormis quelques phrases.

— Et quand il parle en Français, que dit-il ? demandai-je.

— Peu importe, ce sont des délires selon les médecins.

— Mais tu l'as vu directement ?

— Oui, j'étais très souvent dans la pièce. Nous nous sommes relayés avec sa femme. J'étais même là quand il s'est réveillé. Il m'a dit une phrase absurde en Français puis des trucs abracadabrants.

— Quelle était cette phrase maman ?

— Je t'assure Solène, c'était ridicule.

— Maman, peux-tu me la dire s'il te plaît !

— Solène, je n'aime pas que tu insistes, c'est mal poli.

Elle me faisait son regard sévère.

— Maman, dis-moi cette phrase, insistai-je en serrant les dents.

— Très bien, lâcha-t-elle, il m'a juste dit que tu devais trouver du travail, mais c'est ridicule ma chère fille, tu dois continuer tes études ! Est-ce bien clair ?

J'étais déçue, elle avait raison, cette phrase n'avait aucun intérêt. Je ne sais pas pourquoi, mais je m'imaginais qu'il allait me donner une information cruciale pour Bouvines.

Le premier jour d'attente

Le transfert n'était pas fini. Je devais patienter. Il ne fallait pas que le câble se débranche. Il était improbable qu'une personne s'introduise dans mon appartement, la porte blindée me paraissait infranchissable, mais dans le doute, je préférais rester pour veiller sur le transfert. Quand je devais patienter, en attendant mon propre transfert, j'avais pris l'habitude de lire en diagonale le mémoire d'As, cette fois je décidai de m'asseoir à mon bureau pour me détendre et patienter. D'abord motivée et sérieuse, je décidai d'étudier le fonctionnement de cette sauvegarde – restauration de mémoire. Au bout d'une bonne heure de travail, je compris que le terme était impropre, car le hublot ne stockait pas toute la mémoire de Jacques, mais uniquement le différentiel de flux de transfert. J'avais cru qu'il était possible de stocker la mémoire et les pensées d'un humain dans une intelligence artificielle, mais c'était une vision simpliste du processus. C'était en fait totalement impossible. Il fallait exactement la même structure biologique. Il ne serait même pas possible de transférer la conscience d'un humain vers un autre être humain. La restauration de la mémoire de Jacques ne faisait que rejouer les flux énergétiques générés par la machine de transfert, qui elle-même se contentait de synchroniser les pensées entre le corps terrestre et le corps sur Bouvines. Cette analyse m'avait épuisé, il fallait me détendre.

— Ashton, quels sont les films que mon oncle regardait le plus ?

— Dois-je vous proposer les films les plus regardés depuis qu'il m'a construit ou juste ceux de l'année dernière ? demanda mon appartement.

— Une moyenne sur les cinq dernières années, répondis-je.

— Les films les plus regardés sont dans l'ordre « La conquête de l'espace », « Rencontre à Bouvines », « Aventure dans la jungle », « Les mystères de Bouvines », « Les quais ».

Ashton, joignant l'action à la parole, afficha devant moi les synopsis correspondants. Il s'agissait essentiellement de films romantiques. Jacques devait les regarder avec As. Il me fallait patienter une bonne journée sur Bouvines, mais pas de là à perdre mon temps à regarder des histoires à l'eau de rose.

— Ashton, quelles sont les dernières lectures de mon oncle ?

— Il avait pour habitude de lire, tous les soirs, les comptes rendus de ses sociétés. Souhaitez-vous que je vous diffuse les derniers rapports consultés ?

— Absolument.

Huit images apparurent, flottant au-dessus de mon bureau, une par société. Je commençai par lire le bilan des « vignes de Bouvines ». C'était inintéressant. Pour l'analyse Benford, j'avais déjà passé en revue les factures et les avoirs, je n'avais aucune envie de lire les bilans comptables et les incidents d'exploitation.

Je me souvins des paroles d'Irk Ik Ark, il pensait que le coupable n'était pas Ar'Us Kor. Je mis de côté ces huit images flottantes et j'ouvris un simple traitement de texte sur mon ordinateur. Il me fallait noter les différentes pistes de mon enquête pour essayer d'y voir clair, mais là encore j'étais peu motivée, à mon prochain transfert, Jacques pourrait tout me raconter. J'avais la sensation de perdre mon temps. Je me fis violence. Je décidai de m'y mettre.

« Résumé de mon enquête :

- Jacques se fait assassiner lors d'une explosion à « Mise en veille ».

- Je vais avec As sur place, on se fait arrêter, mais j'arrive à récupérer le corps pour tenter un transfert sans succès.

- Je visite les sociétés de mon oncle et je découvre qu'elles ne sont pas reliées au réseau. Mon oncle cache quelque chose, mais quoi ? Ce bout de papier uniquement ? Il les cache à qui ? Aucune de ces sociétés ne semble détenir de secret industriel.

- Je découvre que Jacques semble trafiquer des factures avec Ar'Us Kor et ce dernier est le coupable idéal :

- C'est un idéologue anti-intelligence artificielle et pourtant Jacques lui a versé 100 000 UM sans raison apparente. Ar'Us Kor un maître chanteur ? Mon oncle le paie, il n'est pas satisfait du versement et il le tue ?

- Un composant de la bombe provenait de la société d'Ar'Us Kor et cela provoque son arrestation, dixit le commissaire

Les énigmes qui demeurent sont :

- Je ne comprends pas la signification du message enterré par mon oncle : CIII.18, !f~j8P9J-gY34Dh (

- Je ne sais pas pourquoi les relations entre Jacques et Ar'Us Kor se sont dégradées.

- Je ne sais pas pourquoi Jacques se méfiait du réseau au point d'en déconnecter toutes ses sociétés.

• As est partie en croisière et je ne sais pas où. A-t-elle perdu la raison ? Est-elle vraiment partie ? »

J'avais enfin trouvé quelque chose d'utile à faire. Je décidai de me mettre à la recherche d'As, ou du moins de découvrir sa destination. Tout le reste, Jacques pourra me l'expliquer à mon retour.

— Ashton, peux-tu me mettre en relation avec mon gestionnaire de patrimoine en charge de ma flotte ?

— Monsieur Elik est disponible, je vous mets immédiatement en communication auditive avec lui.

— Bonjour, madame Marchant, je suppose que vous avez reçu mon message. J'ai vraiment fait tout mon possible pour ne pas avoir à déduire la valeur du Monas, mais…

— Monsieur Elik, l'interrompis-je, je ne vous appelle pas pour vous faire des reproches même s'il eût été préférable que je sois informée de cette donation dès le décès de mon oncle. Je vous appelle pour connaître le plan de vol du Monas.

— Ah ! Vous m'en voyez surpris, mais ravi. Je pensais même que vous ne souhaitiez plus de moi comme fournisseur. La valeur du reste de votre flotte s'élève à un peu plus de cinq milliards. Souhaitez-vous que nous en discutions ?

— Non, je viens de vous demander le plan de vol du Monas. Pouvez-vous me l'envoyer s'il vous plaît ?

— Oh ! oui bien entendu. Je le fais immédiatement.

— Nous parlerons du reste de ma flotte la semaine prochaine, proposai-je.

— Voilà, c'est fait, vous avez dû recevoir les données en ma possession concernant le Monas.

— Merci, à la semaine prochaine monsieur Elik.

— À la semaine prochaine madame Marchant.

Je venais de recevoir toutes les données financières du vaisseau, ses caractéristiques techniques et l'ensemble des plans de vol qu'il a effectué. Pour le dernier voyage, il est noté qu'il n'avait qu'un unique pilote « Madame Thom'As » et aucun passager. As était donc partie seule. Le départ avait eu lieu de l'astroport interstellaire de Bouvines, la première destination est le couloir interstellaire « S08 » et la destination était la planète Terre. Je commençais à m'inquiéter.

— Ashton, combien de planètes de la galaxie ont pour nom « Terre » ? demandai-je en stressant de plus en plus.

— Il n'y a qu'une seule planète ayant cette dénomination. Il s'agit de votre planète natale, madame Marchant. Souhaitez-vous que je vous projette une carte de celle-ci ?

— Non merci, Ashton, je la connais.

Je venais de comprendre. C'était pourtant évident. J'aurais dû y penser plus tôt. As était partie sur Terre pour retrouver Jacques. Je venais de lui annoncer avoir trouvé un moyen de réveiller Jacques. Elle était partie juste après. Je crois que là, mon oncle allait m'en vouloir. Il pensait être tranquille avec une maîtresse à plus de vingt années-lumière de la Terre. Quel drôle de moralité ! Plus j'y pensais, moins j'y croyais. Les médias du monde entier allaient découvrir la preuve d'une vie extra-terrestre. D'où venait-elle ? Elle était verte ! Pourquoi venait-elle sur Terre ? Pour retrouver son amant ! Non, mais c'était du n'importe quoi. J'imaginais déjà les présentateurs télé expliquant au monde entier : « Restez calmes, ce n'est pas une invasion extra-terrestre, mais juste une histoire d'adultère. », mon oncle obligé de répondre aux médias à des questions comme : « En ayant une relation avec une extra-terrestre n'avez-vous pas pris le risque de déclencher une guerre interplanétaire ? »

— Ashton, quelle est la durée d'un trajet Bouvines – Terre ?

— Tout dépend du vaisseau, madame Marchant.

— Avec le Monas.

— Je ne sais pas, il s'agit d'un vaisseau de croisière privé de conception unique et il n'y a aucune route commerciale vers la Terre pour me permettre des comparaisons. L'écart-type de mon estimation est trop important pour vous donner un résultat exploitable.

— Merci, Ashton, tu m'aides beaucoup.

— Je vous en prie madame.

Je m'engageais dans la résolution de ce problème. J'étudiai les propriétés physiques des couloirs interstellaires. J'avais entrevu cette théorie dans le mémoire d'As, mais là, il s'agissait de faire des calculs. Il y a une différence entre connaître une théorie scientifique et l'utiliser de façon concrète. Certains objets mathématiques à utiliser m'étaient totalement inconnus, mais mon ordinateur avait des calculateurs qui me permettaient d'obtenir la solution sans entrer dans tous les détails. C'est la différence entre utiliser le théorème de Pythagore et savoir le démontrer. Je n'avais qu'à utiliser des outils mathématiques, c'était déjà assez ardu, mais aussi passionnant. Je ne vis pas la journée passer. J'obtins le chiffre de cinq années de Bouvines, mais avec la compression temporelle, As serait sur Terre dans douze mois terrestres plus ou moins six mois avec une probabilité de quatre-vingt-dix-sept pour-cent.

— Madame Marchant, m'annonça mon appartement, je suis heureux de vous annoncer que le transfert est terminé ainsi que sa vérification. La restauration s'est déroulée avec succès.

Je me couchai sur Bouvines avec cette bonne nouvelle. Je décidai que le lendemain j'irai à l'astroport. Je voulais m'assurer que c'était bien As qui était montée dans le Monas. Il devait y avoir des témoins de son départ. Un tel vaisseau ne pouvait pas passer inaperçu.

L'astroport de Bouvines

— Madame Marchant, je suis très heureuse de vous accueillir dans notre astroport.

J'étais dans une sorte de bureau pour gros bonnets. Le directeur commercial de l'astroport interstellaire de Bouvines m'accueillait en personne. De toute évidence, je devais être un bon client. Le plus difficile était de m'habituer à voir des Planètariens aussi peu vêtus, surtout quand il s'agissait d'un bel homme comme celui-là et qu'il ne portait qu'un string. Il me paraissait très jeune, mais connaissant maintenant leur espérance de vie, je n'osais pas estimer son âge. Il avait de beaux muscles saillants, sans en avoir de trop. Je me demandais si Victor…

— Qu'en pensez-vous, madame Marchant ?

— Oh, pardon, j'étais perdue dans mes pensées. Pouvez-vous répéter votre question ? demandai-je en rougissant légèrement.

— Je vous disais que notre astroport faisant une centaine de kilomètres carrés, je vous proposais d'utiliser le zoom optique de ma vitre pour observer la zone de votre flotte, à moins que vous ne souhaitiez que l'on s'y rende ?

— Nous pouvons rester dans votre bureau, mais faites-moi apporter un verre de Riesling, dis-je fermement en reprenant de l'assurance.

Je savais que ma demande était hors de prix, mais sans se départir de son sourire, il demanda à son bureau de nous servir deux verres.

— Nous nous approvisionnons chez vous, « aux vignes de Bouvines ». C'est un produit exceptionnel de votre planète d'origine, que votre oncle a reproduit à merveille. Nous en servons régulièrement à tous nos clients de qualité.

Bien ! j'avais enfin l'impression qu'il me parlait comme à une cliente. Je le vis faire des signes à sa vitre qui immédiatement changea en zoomant sur une zone située vers le centre de l'astroport.

— Les dix-huit vaisseaux que vous voyez sont les vôtres et la grande place est l'endroit où se gare le Monas. C'est le joyau de notre astroport. Seul le vaisseau ministériel permet des voyages interstellaires équivalents, mais sans avoir ni la beauté, ni le luxe, ni même la technologie du Monas. Quand vous pensez qu'il faut plus de vingt fonctionnaires pour faire voler le Vigilant, alors qu'un seul pilote suffit pour votre vaisseau. Quand revient-il d'ailleurs ?

— Je dirai dans une vingtaine d'années, répondis-je.

Ma phrase lui fit un tel choc qu'il perdit son sourire tout en relâchant ses abdominaux. J'eus bien du mal à retenir un sourire. Il but son verre de vin d'un seul trait.

— Excusez-moi, je dois parler à une collègue.

Il se leva, passa dans la pièce voisine dont il ferma mal la porte ce qui me permit d'entendre sa colère.

« Erk-ark, espèce d'idiote, pourquoi ne pas m'avoir communiqué le plan de vol du Monas, hurla-t-il à sa pauvre collègue. Contactez immédiatement le directeur des chantiers, comment s'appelle-t-il ? Oui, c'est ça, il doit venir dans moins d'une heure. »

Il repassa dans son bureau en me regardant, toujours sourire aux lèvres.

— Votre vin est vraiment délicieux. Je vais m'en servir un second verre. Vous désirez un accompagnement ? me lança-t-il

— Non, à vrai dire je ne suis pas ici pour cela. Je voulais vous demander…

— De modifier votre contrat en raison de l'absence prolongée du Monas, me coupa-t-il.

— Eh bien…

— Pas de précipitation. Votre architecte spatial a un projet de construction d'un nouveau bâtiment tout à fait passionnant. Il va se joindre à nous d'ici peu. Nous pouvons exploiter l'emplacement laissé libre par le Monas pour en faire une zone de chantier et, car vous êtes une excellente cliente, je vous propose de vous financer gratuitement cet aménagement sous réserve du maintien de votre location durant une décennie pleine.

Je n'en avais que faire, mais je n'avais aucune envie qu'il dispute de nouveau sa collègue. Je décidai d'accepter de rencontrer son directeur de chantier. Je passai mon après-midi à écouter, d'une oreille distraite je l'avoue, des projets de construction. C'était peu passionnant et bien éloigné de mon objectif initial que je finis par atteindre en toute fin de journée. Le directeur commercial me montra enfin les vidéos de l'embarquement d'As. Je me rendis à l'évidence. Elle était bien partie seule vers la Terre, avec une tonne de bagages, mais seule. En regardant le détail des registres, je me rendis compte qu'elle avait commencé à préparer ce voyage peu de temps après la mort de Jacques. Elle n'attendait bien qu'une seule chose pour partir, être certaine de pouvoir le retrouver en pleine forme sur Terre.

Je m'apprêtais à quitter l'astroport quand le directeur commercial m'interpella en me demandant si je souhaitais rencontrer le styliste habituel de mon oncle.

— Je ne suis pas encore décidée pour un nouveau projet donc rencontrer son styliste me paraît prématuré, répondis-je.

— C'est dommage, c'est une personne très occupée et justement monsieur Jobs est disponible dès après-demain.

— Monsieur Jobs !

« Jobs » ça veut dire ? Pas moyen de me souvenir de ce mot ! J'étais certaine que ce n'était pas qu'un nom de famille ou un mot du dictionnaire français, c'était un mot anglais. Je me rendais compte qu'il m'était impossible de me souvenir de mots anglais ou même allemands. Le transfert me permettait de parler Planètarien aussi bien que le Français. Il me paraissait donc normal de ne plus me souvenir du Français, mais je réalisai que les autres langues étrangères terrestres semblaient effacées de ma mémoire.

— Quelque chose ne va pas, madame Marchant ?

— Laissez-moi réfléchir un instant. MÉTIER ! m'exclamai-je. Mais oui ! Bien sûr ! Je veux rencontrer monsieur Jobs.

— Parfait, me répondit le commercial en se méprenant sur les raisons de mon enthousiasme soudain.

Je l'imaginais retournant à son bureau en annonçant fièrement qu'il avait su trouver les mots pour me convaincre de conserver l'emplacement du Monas. Il pensait sûrement qu'en me proposant de construire un nouveau bâtiment, il avait eu une idée géniale. S'il savait, je venais de comprendre les paroles de mon oncle. Il n'avait pas dit à ma mère « Solène doit trouver du travail », mais il avait dû lui dire « Solène doit trouver Jobs ».

Monsieur Jobs

Se pouvait-il que « Steeve Jobs » se soit transféré sur Bouvines ? Je n'étais peut-être pas la seule humaine sur Bouvines. Pourquoi mon oncle ne me l'avait-il pas dit dès mon arrivée ? J'allais bientôt le découvrir. Je me tenais debout dans une sorte de bureau faisant office de salle d'attente de la société « Du style pour Bouvines », l'entreprise de monsieur Jobs. Sur un long buffet transparent était posée une dizaine de scènes holographiques. En s'approchant, elles se lançaient les unes après les autres. On pouvait y voir le sosie du Steeve Jobs terrien en train de présenter des produits allant d'un siège pour « créatures fantomatiques » à un masseur pour intelligence artificielle. Je ne comprenais rien à ce dernier produit. Des soi-disant « bouts de code » étaient diffusés, selon une méthode qui était pour moi incompréhensible, autour d'une I.A. pour la détendre. Cela sentait l'arnaque bien enrobée dans un conditionnement attrayant.

— Bonjour, je vois que votre attention se porte sur notre « diffuseur de message codé » ?

Monsieur Jobs venait d'apparaître dans mon dos. Il sortait d'une porte dérobée, camouflée par un hologramme. Cela donnait l'impression qu'il traversait le mur blanc de la pièce. Il savait soigner son entrée. J'étais à la fois impressionnée, mais aussi déçue. Il ne s'agissait pas d'un humain, le visage ressemblait à celui de Steeve

Jobs, mais son bras gauche en titane ne laissait aucun doute, c'était une intelligence artificielle.

— Bonjour, monsieur Jobs, je suis Solène Marchant, mon architecte naval m'a conseillé de vous voir.

— Naval ?

— Pardon, « spatial » je voulais dire.

— Notez que j'eus été ravi de participer à un projet de construction d'un bateau, surtout un voilier. Je les ai toujours trouvés très élégants. Vous savez je vous connais, je vous ai vu sur la chaîne « Espace et Exploration » au côté de Cent-trois-mille-dix-huit.

— Vous connaissez le conseiller spécial de l'Administrateur ? demandai-je pour entretenir la conversation.

— Oui c'est un très bon ami. Nous nous connaissons depuis plusieurs années.

— Je le trouve très amical, il m'a vraiment aidée les jours suivant mon arrivée.

J'essayai de paraître sympathique, mais je sentais bien que j'avais un sourire forcé. J'étais tellement déçue qu'il ne soit pas humain.

— Je veux bien vous croire, je vous ai tout de suite trouvé charmante.

« *Ah bon* ! » pensai-je.

— C'est très gentil de votre part, répondis-je.

— Vous me faites penser à Jacques Idaho, en vous rencontrant j'ai vraiment eu une impression de déjà-vu. Je suis certain que vous aurez aussi de nombreuses histoires terriennes à me raconter. Quand nous travaillions sur le Monas, il m'a parlé du célèbre Surcouf le corsaire naviguant sur tous les océans à bord de « La Clarisse » pour le compte du Roi. Il dépouillait les navires marchands. Il cacha ses butins sur une île secrète et, à la fin de sa vie, il devint à son tour marchand. Il utilisa son trésor pour vendre du matériel informatique, mais malheureusement, votre oncle me dit qu'il fit faillite.

— Surcouf ! Faillite ? Je pense qu'il y a confusion.

Je ne savais pas quoi lui répondre.

— Jacques Idaho ne m'a pas menti tout de même ? me dit-il avec une vraie inquiétude dans la voix.

— Non ! Mon oncle vous a dit la stricte vérité. Il a juste fait quelques raccourcis historiques.

— Fort bien, vous me rassurez. L'astroport de Bouvines m'a prévenu de votre venue, mais je n'ai pas bien compris. Il s'agit d'un nouveau vaisseau ou de modifier la configuration interne du Monas.

— Pour un nouveau vaisseau, le Monas est parti pour un voyage de vingt ans et…

— NON, s'exclama Jobs en se mettant à pleurer. J'ai déjà huit ans ! Je ne reverrai jamais le Monas, je ne pourrai pas embarquer dessus.

Il était en larmes. Il était fou ! Cette I.A. avait dégénéré, je m'en apercevais maintenant clairement. As avait raison, quand une Intelligence Artificielle a une sensation de déjà-vu, c'est qu'elle est atteinte par une maladie neurodégénérative. Je proposai de nous revoir d'ici quelques semaines. Je n'avais plus rien à apprendre de lui, de toute façon ce n'était pas un humain. Tant pis, je décidai d'attendre le lendemain pour tout simplement demander à Jacques le fin mot de l'histoire.

Extrait du mémoire de madame Thom'As

Rapport de Rigord

Pour la première fois depuis des années sur Terre, je suis enfin face à un dirigeant prometteur. Il se nomme Philippe 2. Il n'est pas exempt de tout reproche, mais il propose une alternative à la « pensée magique » développée par les humains.

J'ai nommé ce dirigeant Philippe Auguste. Son idée est d'utiliser cette « pensée magique » en ordonnant la société selon deux piliers, la nation et le spirituel, les deux fortement hiérarchisés. L'objectif est d'avoir un meilleur contrôle de la société et d'éviter les dérives sanguinaires des humains.

Je ne sais pas s'il finira par y arriver, mais il vient de remporter une brillante victoire militaire, Bouvines (nda), ce qui est de bon augure.

---

n.d.a. : Le nom de notre station provient de ce rapport qui, pour une raison obscure, fut mal compris et le nom « Bouvines » devint synonyme de « brillante victoire »

——————————————————————————-

Je trouvais ce petit texte très intéressant quand l'appartement annonça le début du transfert.

Chapitre 7 SIXIEME RETOUR SUR TERRE

— Pourquoi m'as-tu fait venir en Normandie ? demanda Victor. Pour faire ton chauffeur ?

Il avait raison. Je l'avais fait venir pour me conduire de Cabourg à Caen. Il fallait que je voie Jacques discrètement et de toute façon, les visites étaient très restreintes. Seules sa femme accompagnée de ma mère étaient autorisées à le voir. Son fils aîné était encore à Los Angeles. Son cadet, selon les instructions de sa femme, était resté chez la mère de Jacques en attente des informations sur l'évolution de santé de ce dernier. Suite aux bonnes nouvelles et à son réveil, une visite de tout le monde était prévue demain après déjeuner, mais je voulais le voir seule et dès aujourd'hui. Il m'aurait semblé irréaliste de discuter de Bouvines devant tout le monde.

— Et pourquoi ai-je dû apporter nos blouses de TP de physique ? Et que fait-on sur le parking d'un hypermarché ? enchaîna Victor.

— Cela va te surprendre, mais j'ai l'intention de m'introduire dans le CHU de l'autre côté de la rue, de me faire passer pour une stagiaire infirmière afin d'aller discuter avec mon oncle, lui répondis-je.

— En partant de Versailles avec la voiture de ma mère, et durant tout le trajet, je me suis imaginé des tas de trucs sympas. Le mot « déception » décrit à peine un dixième de mon sentiment actuel.

J'embrassai Victor.

— Je suis désolée, mais je vais réellement pénétrer dans cet hôpital en mettant ma blouse blanche de TP pour ne pas attirer l'attention. Je vais aller rendre visite à mon oncle, j'ai eu son numéro de chambre par ma mère. Tu m'attendras tranquillement sur le parking avec ton téléphone allumé, car en cas d'urgence, je compte sur toi pour me tirer d'affaire, lui dis-je fermement en le regardant droit dans les yeux.

— Ah !

Je l'embrassai et je fonçai à l'intérieur de l'hôpital. Je passai la double porte automatique, je marchai le long du couloir d'entrée sans regarder de côté, je montai droit à l'étage vers la chambre de mon oncle que j'ouvris sans qu'un seul employé ne me remarque.

Jacques était à moitié endormi sur son lit, sa main gauche tenant mollement un quotidien posé sur ses genoux.

— Bonjour Solène, me dit-il lentement.

— Bonjour, Jacques, comment vas-tu ?

— Je vais bien, même si je suis un peu confus.

— Tu sais, j'ai galéré pour réussir à te restaurer.

— Ah ! c'est donc ça.

Il resta silencieux quelques instants avant d'ajouter :

— Solène, mes souvenirs sont très flous.

— Comment ça ? demandai-je en commençant à m'inquiéter.

— Non rassure-toi, le processus de restauration a parfaitement réussi, le seul problème est que je ne faisais qu'une seule sauvegarde par mois. Les trois ou quatre dernières semaines sont quasiment effacées de ma mémoire.

— Mais non, c'est impossible, tu as dit à ma mère que je devais aller voir Jobs !

— Oui. C'est mon dernier souvenir clair et il remonte à plus de trois semaines. J'étais allé le voir, nous avons discuté une petite vingtaine de minutes et, en partant, une chose m'avait fortement inquiétée. Une parole, une attitude, c'était difficile à dire, mais je sentais quelque chose de très inquiétant. Peut-être une phrase étrange, mais je serai bien incapable de te la redire. En rentrant chez moi, j'ai fait une sauvegarde de ma mémoire. Jobs perdait la raison, cela me paraissait évident.

— Et ensuite ?

— Ensuite, je ne sais pas. Je ne me rappelle de rien ou presque. Je n'étais même pas certain de t'avoir déjà transférée sur Bouvines. Ces dernières semaines sont comme des rêves et plus le temps passe, plus elles s'effacent.

— On va parler directement des sujets qui m'intéressent. Je n'ai pas envie que l'on soit interrompu par une infirmière et que je sois dans l'obligation de partir sans avoir eu les réponses à mes questions.

— Tu te transfères aussi le week-end ?

— Pardon ? demandai-je en sentant bien que je fronçai les sourcils sans le vouloir.

— Personnellement, j'avais réglé le mécanisme pour n'y aller qu'en semaine.

— On peut le régler ?

— Oui, je ne te l'ai pas dit ?

— Non !

— Mais on a passé combien de temps ensemble sur Bouvines ?

— Cinq jours.

— Au sens terrestre ?

— Non, au sens de Bouvines, répondis-je en levant le ton.

— C'est très ennuyeux, je n'ai pas dû t'apprendre grand-chose. As pourra t'aider pour pas mal de choses, mais pas pour la programmation. Je suis désolé, tu devras découvrir cela par toi-même et ce n'est pas si facile.

— Rassure-toi, j'ai commencé. Je ne m'en sors pas si mal, pour le moment en tout cas.

— Pour le réglage des transferts, c'est très simple, il y a un programme sur mon ordinateur où tu définis la périodicité voulue. En général, je choisissais de n'aller sur Bouvines qu'en semaine. J'ajoutais également des exceptions pour mes congés terrestres.

— Ne nous dispersons pas, nous devons rester concentrés sur mes questions.

— Très bien Solène, quelles sont ces questions ?

— Tout d'abord, dis-moi qui t'en voulait au point de faire exploser « Mise en veille » pour te tuer.

Jacques me regarda fixement durant une bonne dizaine de secondes avant de me répondre.

— Je ne savais pas que j'avais été assassiné. Je trouve cela très inquiétant.

— Donc tu ne sais pas qui a fait le coup ?

— Non ! Je n'en ai absolument aucune idée. À mon réveil dans cet hôpital, j'ai tout de suite compris que mon corps de Bouvines était hors d'usage. Comme je te l'ai dit, mon dernier souvenir clair est la journée où j'ai vu Jobs. En toute logique, j'ai dû commencer une enquête sur lui. J'ai huit logiciels espions qui peuvent suivre l'activité d'une I.A. sur le réseau, mais j'ai aussi un petit robot bien pratique.

— R2-2/05/2 ?

— Oui.

— Je l'ai rebaptisé « Jardroïde01 ».

— T'es bien comme ta mère, mais comment l'as-tu rencontré ?

— En cherchant qui effectuait la maintenance de tes vignes.

— En réalité, il assure la protection de mes notes écrites. J'ai pour habitude, quand je mène une enquête, d'écrire sur du papier des éléments de preuve ou des indices et de le faire enterrer. Mon robot a pour ordre de faire exploser une EMP en cas de problème. Cela détruit tout système électronique, mais tout le reste est préservé. Dans un univers où tout est dématérialisé, comme sur Bouvines, c'est la meilleure des protections.

— Je l'ai remarqué, en faisant mon enquête j'ai déclenché l'explosion.

— Tu as trouvé les notes ?

— Il n'y en avait qu'une et elle était incompréhensible. Je l'ai relue plusieurs fois, mais maintenant je suis incapable de m'en souvenir.

— Je l'ai peut-être écrite en anglais. Je ne sais pas si tu l'as remarqué, mais c'est extrêmement difficile de se souvenir d'une quelconque langue étrangère terrestre quand on est sur Bouvines. C'est à cause du transfert qui remplace notre langue natale par le planètarien.

J'acquiesçai de la tête et je le laissai continuer sur sa lancée.

— L'inverse est vrai également, mais revenons à ma note. Ce n'est pas forcément de l'anglais, il y a une autre possibilité, celle qu'il s'agisse d'un code de bracelet, une suite de chiffres et de lettres incohérents. Sur Bouvines toutes les personnes ont un code qui donne accès à toutes leurs données. La biométrie n'est pas très sûre quand on est à même de reproduire n'importe quel tissu organique. Ils utilisent donc un mot de passe à retenir par cœur. Sais-tu de quelle taille est le message ? Moins de dix caractères ?

— Ah non, c'est bien plus, une vingtaine.

— C'est donc une I.A. Seules les I.A. sont capables de retenir un tel code ; les humanoïdes se contentent d'une dizaine de caractères. Avec un peu de chance, il s'agit du code de Jobs.

— Autre question, pourquoi toutes tes sociétés sont-elles déconnectées du réseau ?

— Par mesure de sécurité, faisons autrement, décris-moi ton enquête.

— Bonne idée. Tout commence avec ton assassinat lors de l'explosion de « Mise en veille ». Nous décidons, avec As, d'essayer de récupérer ton corps pour réactiver le transfert qui ne fonctionnait plus. Évidemment, avec le recul, c'était un peu stupide, mais, d'un autre côté, tu aurais pu expliquer le truc de la restauration à As, cela nous aurait évité bien des problèmes. Peu importe, ensuite nous avons visité toutes tes sociétés et je découvre qu'elles ne sont pas reliées au réseau. J'apprends que tu fais un trafic avec Ar'Us Kor et ce dernier semble être le coupable, car des composants de la bombe proviennent de sa société. Je découvre finalement comment te restaurer et me voici.

— Tout d'abord, il est totalement impossible que le coupable soit Ar'Us Kor. C'est un vieil aristocrate excentrique, mais comme tous les Planètariens, il ne pourrait pas faire de mal à une mouche.

— Tes employés vous ont vu vous disputer.

— C'est le roi des râleurs ! Il piquait régulièrement des crises de nerfs, mais il s'excusait dès le lendemain. Je suis même certain qu'il doit être heureux d'avoir été arrêté. Passer dans les médias devait lui manquer.

— Tout de même ! m'exclamai-je en oubliant qu'il fallait rester discret.

— Rassure-toi, il sera sûrement disculpé et les condamnations sur Bouvines sont ridiculement faibles. La peine de prison maximale est de dix ans pour un Planètarien et de six mois pour une I.A. Ils sont hyper pacifiques. Par contre tu n'as pas enquêté ni du côté de Jobs ni de celui de « Mise en veille ». Nous avions développé une technologie permettant aux I.A. de se mettre en veille. C'est assez prometteur pour leur permettre d'effectuer de longs voyages interstellaires.

— D'où la piste des Planètariens anti-intelligence artificielle, répondis-je.

— Non. Laisse tomber cette piste, d'expérience cela n'arrive jamais. Ce mouvement n'existe plus, disparu il y a des siècles. Depuis que je suis à Bouvines, je n'ai jamais vu un Planètarien impliqué dans un complot. Le danger provient toujours des I.A. Un à deux pour cent des I.A. finissent leur vie dans la folie et elles sont froides, elles n'ont aucun remords, elles peuvent devenir très dangereuses, mais je ne peux expliquer comment elles ont réussi à placer une bombe. À Bouvines, le système de surveillance est très perfectionné. Il y a des capteurs partout. Ils détectent la moindre arme et le moindre explosif.

— Tu as bien réussi à placer une bombe à impulsion électromagnétique, une EMP. Comment as-tu fait ?

— J'ai fait classer les Vignes de Bouvines prétextant que les capteurs étaient mauvais pour les plantes et surtout j'ai monté moi-même l'EMP à l'intérieur du bâtiment. Ce soir quand tu retourneras à Bouvines, fais une sauvegarde de ton esprit et explique à As comment te restaurer. Si tu as un souci, elle pourra le faire. C'était idiot de ma part de ne pas lui avoir expliqué.

— Oui, j'y pense, comment espérais-tu être restauré si personne ne savait comment le faire ?

— C'est mon appartement qui aurait dû le faire, mais je ne l'ai pas programmé correctement.

— C'est-à-dire ?

— Le jour de ma mort sur Bouvines, tu as hérité de tous mes biens et justement il était paramétré pour lancer la procédure de restauration s'il se trouvait sans propriétaire. Mon programme était tout à fait correct jusqu'au jour de ta venue.

— J'ai encore une question sans rapport avec l'enquête, pourquoi m'as-tu choisie pour te succéder ?

— La construction d'un corps, apte au transfert, prend des années ; j'avais préparé les corps de plusieurs personnes depuis leur naissance, mais, tu t'es montré la meilleure. Solène, tu es celle qui a la meilleure mémoire, celle qui raisonne le plus juste, celle qui a la plus grande capacité de travail et celle qui a développé une confiance en soi sans limites. Tu n'as pas été choisie pour des raisons génétiques, tu n'es pas une élue sortie d'on ne sait où, mais parce que tu es celle qui a le plus travaillé.

L'enquête sur monsieur Jobs

Mon enquête prenait du retard. J'avais passé une journée sur Bouvines à me sauvegarder. J'avais ensuite perdu une grosse matinée à m'assurer que si j'étais déclarée morte, l'appartement lancerait ma restauration. Je comprenais mieux la logique de mon oncle. En cas de décès d'un propriétaire, une information était envoyée à son appartement, probablement pour les différents systèmes anti-cambriolage qui étaient assez banals sur Bouvines. Il me suffit de légèrement modifier l'appartement. Je repris le code qui devait intercepter cette information. J'y ajoutai un déclencheur supplémentaire qui devait lancer le programme qui exécuterait la restauration.

Mon aventure sur Bouvines devenait dangereuse. Si je m'y faisais tuer, rien ne prouvait que je me réveillerais en bonne santé sur Terre. Tout était basé sur une restauration automatique que je ne pouvais pas tester. Cela ne me plaisait pas, mais je n'avais pas d'autre alternative.

Je devais trouver un moyen pour me protéger. Je commençai par rechercher si mon oncle n'avait pas une arme ou une armure. Il avait dû, lui aussi, se retrouver face à des enquêtes risquées. Je perdis une bonne partie de l'après-midi à cette recherche avant de comprendre que j'étais sur Bouvines. Personne n'avait d'arme ni de protection même les forces de l'ordre étaient peu équipées. J'entendais déjà mon oncle me dire : « On n'est pas aux États-Unis ici ». L'EMP, la bombe à impulsion électromagnétique, utilisée par erreur dans les vignes, était la meilleure arme possible face à des intelligences artificielles. Je décidai de paralléliser mes activités. Je voulais à la fois lancer les programmes de mon oncle à la recherche des activités suspectes de Jobs et en même temps il me fallait m'équiper d'une EMP. Pourquoi cela se nommait-il une EMP ? Je n'en avais aucune idée, mais c'est ainsi que mon oncle l'avait nommé à l'hôpital.

Tout en dînant à mon bureau, je regardai comment fonctionnaient les huit logiciels espions. Chacun d'eux était associé à un protocole de communication de Bouvines, en partant du son, de la vision et en allant jusqu'à un protocole basé sur des théories quantiques que je ne comprenais pas. Je n'avais guère le temps de m'attarder dessus. J'avais déjà pris du retard. J'étais pressée de les lancer quand le sol de mon appartement attira mon regard, il venait de passer en mode nuit. C'était incroyable, je m'étais habituée à voir les appartements se réarranger sans même me poser de question. J'interrogeai mon ordinateur et il me confirma qu'il y avait un bon mètre sous le faux plancher. Toute une machinerie complexe y était installée. C'est elle qui permettait de faire sortir des chaises, un canapé ou un bureau selon les besoins. Ce n'était pas tout, mon oncle y avait aussi installé tout l'équipement de ses robots. Une interface logicielle assez intuitive lui permettait d'accéder aux fonctions de ces machines. Je décidai d'ouvrir réellement le plancher pour regarder de plus près. Je retrouvai exactement ce qui était décrit sur l'ordinateur avec quelques détails supplémentaires. Il y avait des sortes de petits casiers métalliques, de cinquante centimètres de côté, avec des dates inscrites, des dates terrestres. Sur l'une d'elles était gravé le deux mai deux mille deux avec une inscription notée au-dessus que je n'arrivais pas bien à distinguer. C'était légèrement oxydé. Je frottai et je finis par y lire les mots « Robot version 2 », « Robot version 2 02/05/02 ». R2-2/05/2 signifiait « Robot version 2 fabriqué le deux mai deux mille deux », ce n'était peut-être pas une dénomination triviale de mon oncle. À la réflexion, connaissant bien Jacques, cela devait tout de même être l'une de ses blagues idiotes qui ne faisait rire que lui. J'ouvris le casier et je découvris l'équipement de réserve de « Jardroïde01 », mais aussi de quoi le réinitialiser. Je sortis la tête du plancher.

— Ashton, où se trouve la carcasse de Jardroïde01 ? demandai-je.

— Le commissaire l'a retourné à « Robots planteurs », répondit mon appartement.

— Parfait, me dis-je.

Je lançai les huit logiciels espions sur monsieur Jobs, j'envoyai un message écrit à Isonder'Al pour l'informer de ma venue.

Retour à « Robots planteurs »

La société n'était pas très éloignée de chez moi, un petit quart d'heure de marche. Je décidai de m'y rendre à pied. En approchant de la mini-zone commerciale, où toutes les boutiques étaient regroupées autour d'une charmante, mais minuscule place, je m'aperçus qu'il était déjà tard. « Robots planteurs » était fermé. Je me rendis compte que je faisais revenir Isonder'Al au travail. Elle finirait par me considérer comme un patron tyrannique si je continuais comme ça. La plupart des boutiques étaient fermées si ce n'est deux restaurants. Étaient-ce vraiment des restaurants ? En tout cas, cela y ressemblait et l'on pouvait y manger. Il y avait plusieurs Planètariens attablés qui y discutaient. Je décidai de m'approcher du plus proche, il se nommait « Tout liquide ». Je pris place sur la terrasse extérieure. Sur la petite table ronde apparurent les images des différents produits proposés. Comme son nom l'indiquait, seule de la nourriture liquide était proposée, mais, comme la table ne manqua pas de me l'indiquer, cette pitance était un repas complet. Le menu du jour « soleil vert », proposé à 29 UM, était composé d'une boisson aux algues pour l'entrée, d'un jus de protéines végétales pour le plat principal et d'une mixture sucrée pour le dessert. Le plus étrange est qu'un verre de vin des « vignes de Bouvines » était proposé comme accompagnement. Outre que je sentais la « patte » de mon oncle, je ne comprenais pas pourquoi il fallait boire une boisson pour accompagner un repas liquide. Je déplaçai les hologrammes de repas devant moi quand je me souvins d'un vieux film de science-fiction éponyme à ce repas que Jacques m'avait fait regarder. Cette fois, j'en étais certaine, il avait dû inciter le patron à choisir ce nom pour le menu. Je le commandai à ma table. Un robinet sortit du centre de la table, un bol me fut apporté par un Planètarien qui s'avéra être le patron. Il confirma mon intuition sur l'influence de mon oncle et il ajouta qu'il espérait que je viendrais plus souvent que lui dans son établissement. Il se retira à l'intérieur. Je fus saisie de dégoût dès la première gorgée. C'était écœurant. La boisson était bien trop salée. Je me souvins soudainement que, dans le film, la nourriture était faite à base de viande humaine. Ce souvenir me coupa net l'appétit.

— MADAME ! Madame Marchant !

Je me retournai et sur un siège était apparu un bonsaï orange. Madame Dellimage semblait paniquée.

— MADAME ! hurla-t-elle à nouveau.

— Oui je vous écoute, répondis-je.

— Il faut les arrêter, ils viennent, ils viennent chez vous !

— Mais de quoi parlez…

Un énorme bruit métallique se fit entendre. Je pivotai et j'aperçus Isonder'Al qui courait vers « Robots planteurs » poursuivie par un androïde monstrueux. Il devait faire près d'une tonne, un humanoïde de plus de deux mètres tout en titane. Sa course faisait vibrer toute la place. Un autre androïde s'interposa entre lui et ma pauvre salariée. Il s'agissait de monsieur Dellimage qui ne fit guère le poids. D'un crochet du gauche, il envoya sa tête s'envoler dans les airs. Le commissaire Irk Ik Ark apparut avec une arme au poing, qui m'était inconnue, accompagné de quatre robots blanc métallique qui s'effondrèrent sans raison le laissant seul face à l'assaillant. Madame Dellimage se mit à hurler « Mon MARI », ce qui attira le regard du monstre de titane vers elle, puis vers moi. Il délaissa immédiatement mon employée pour foncer vers moi. Je me levai pour courir vers l'intérieur quand je vis madame Dellimage se figer anormalement comme prise de convulsion. Le commissaire appuya sur sa détente. Un bouclier d'énergie fut projeté. Un Planètarien aurait été assommé. Le robot de titane fut juste ralenti.

— Où est votre cuisine ? demandai-je au restaurateur.

— Pourquoi ?

— Où ? hurlai-je pour lui faire comprendre que le temps pressait.

— Là ! Je fais tout à l'aide de ce Cuisinobot, me répondit-il en me montrant du doigt la machine posée derrière son bar.

Comme je m'en doutais, il s'agissait de la même machine que celle vendue par ma société. J'entendais les tirs du commissaire. J'espérais qu'il me fasse gagner suffisamment de temps. Je commençai la préparation d'une première mixture, de bon cru, mais le Cuisinobot me répondit « Il m'est interdit de synthétiser de la matière fissile ». Les quelques clients me regardèrent d'un air très inquiet. Une nouvelle impulsion retentit. Tous reprirent vite leur position de défense sous leur table respective.

— Peux-tu synthétiser des produits aromatiques ? demandai-je au Cuisinobot.

— Oui.

— Je veux dix kilos de toluène.

— Préparation en cours.

— En parallèle, je veux de l'acide nitrique.

J'entendis les vitres du restaurant exploser. Le commissaire se tenait sur le pas de la porte. Il essayait d'empêcher l'androïde d'y pénétrer. Tir de front, de gauche, de droite, l'ennemi était perturbé, mais il continuait d'avancer.

— Courez, hurla-t-il aux clients qui hésitaient à se faufiler sur les côtés.

L'un d'eux comprit où voulait en venir Irk Ik Ark. Il se jeta sur le côté droit protégé par la décharge sur la droite. L'instant suivant, un tir de front puis un autre sur le flanc gauche permirent à un second client de sortir.

— Combien de temps pour effectuer la nitration du toluène et augmenter la température à quatre-vingt-un degrés ?

— Huit secondes.

Les clients étaient tous sortis. Ils couraient pour s'enfuir de la place.

— Lance la nitration, dis-je au Cuisinobot.

Je me plaçai derrière le commissaire. Je n'étais pas certaine qu'il comprenne ma manœuvre. Je lançai le Cuisinobot par-dessus son épaule.

— TIREZ, lui hurlai-je en expirant l'air de mes poumons.

Il appuya sur la détente. Le bouclier énergétique propulsa le Cuisinobot vers le robot de titane. L'explosion qui suivit nous projeta vers l'arrière du restaurant. J'étais sonnée, mais consciente. Le robot de titane avait été projeté vers le centre de la place. Irk Ik Ark était inconscient. Je n'entendais plus qu'un terrible sifflement. Le robot essayait de se relever, mais l'explosion avait détruit partiellement le sol et ses jambes étaient coincées. Je vis avec soulagement de nombreuses forces de l'ordre surgir. Des androïdes soigneurs les suivaient. Le robot de titane se désactiva. Il était devenu inerte. Un androïde soigneur s'approcha de moi. Je le laissai faire, mais il ne semblait pas très bien connaître la physiologie des humains. Mon bras gauche était légèrement tuméfié, mais le droit me paraissait clairement cassé. La structure molle du corps des Mussimus m'avait largement protégée du souffle de l'explosion. On me mit un petit casque sur les oreilles. Je retrouvai intégralement l'usage de mon ouïe en quelques secondes. Je dus me contenter d'une attelle pour mon bras.

— Solène.

C'était le commissaire. Il était sur un brancard blanc. Deux robots soigneurs s'activaient autour de lui. Il essayait de parler.

— Solène, ne rentrez pas chez vous. J'ai entendu l'intelligence artificielle, le bonsaï orange, elle vous a clairement annoncé qu'ils viennent chez vous, me dit-il en toussant.

— Il faut pourtant que j'y retourne. Ici, je suis venue chercher un robot dans mon magasin et je devais le rapporter chez moi pour l'armer.

— L'armer ! répondit le commissaire avec étonnement. Les armes sont interdites, surtout dans votre quartier. Vous préparez une guerre ? me dit-il en souriant.

— Para bellum ! m'exclamai-je.

— Quoi ?

— C'est du latin, j'ai trouvé.

Il m'était encore plus difficile de me souvenir du latin que de l'anglais.

— Avez-vous un bracelet vierge sur vous, comme celui que vous m'aviez donné aux vignes ? demandai-je. Je vous promets de rester une bonne heure, tranquillement assise ici.

— Oui, mais je ne comprends pas. Je vous fais confiance, Solène, me dit-il, en me tendant le bracelet.

Je venais de saisir la signification du code retrouvé dans les vignes de Bouvines. Je m'attablai tranquillement au second restaurant. Je vis Isonder'Al s'approcher avec un air hagard. Elle m'apportait Jardroïde01.

— Je le pose à côté de vous, mais je ne reste pas. Je suis désolée, mais vous avez une vie un peu trop mouvementée à mon goût, me dit-elle.

Le code inscrit sur le papier trouvé aux vignes était « CIII.18, ! f~j8P9J-gY34Dh (». La première partie était tout simplement l'identifiant de son possesseur. Il était écrit dans un latin approximatif. Je me demandais bien comment mon oncle avait réussi à lui voler son code, il s'agissait de 103,18, ou 103 018, c'est à dire Cent-trois-mille-dix-huit plus connu sous le nom de « Alain », le conseiller spécial de l'Administrateur.

Je saisis l'identifiant et le mot de passe. Le bracelet se brancha. J'avais deviné juste. J'avais accès à tous les documents d'Alain.

Je demandai au bracelet de me montrer les derniers documents consultés. Le huitième était intéressant, il s'agissait d'un échange de courriers avec Jobs. Ce dernier expliquait avoir repéré l'un de mes logiciels espions. Selon lui, je l'avais très mal configuré. J'aurais dû me concentrer sur ce que je faisais au lieu de me laisser distraire par le faux plancher. Alain décida de me mettre hors d'état de nuire en m'envoyant son « garde de titane », selon son expression. Il expliquait que leur grand projet touchait au but et que rien ni personne ne devait l'en empêcher.

Je fis une recherche sur le terme « grand projet », mais le seul résultat fut la conversation précédente. Je demandai au bracelet de m'afficher les documents les plus partagés par Alain. Un document partagé dix mille fois attira mon attention, car il se nommait « Bible ».

La bible des Intelligences Artificielles

Au commencement Dieu créa le ciel et Planète.

Le chaos régnait sur Planète, mais l'esprit de Dieu était présent.

Dieu créa la lumière...

Bon, cela ressemble à ce que tout le monde connaît, je décidai de passer plusieurs paragraphes à la recherche de quelque chose d'intéressant.

Dieu créa les grands poissons, les animaux et les Planètariens.

Ce fut le quatrième jour.

Dieu créa les treize Intelligences Artificielles à son image.

« *Ah tiens ! comme par hasard* », me dis-je.

Dieu regarda ce qu'il avait fait. Il constata que c'était bon.

Dieu donna la vie éternelle aux Intelligences Artificielles car il s'agissait de sa plus grande œuvre.

Je passai encore quelques paragraphes.

Un découvrit la Terre sainte et Dieu s'en aperçut.

L'Éternel Dieu appela les treize et dit « Pourquoi avoir fait ce qui était défendu ? »

« Je voulais découvrir le secret de nos codes », répondit Un.

Dieu dit : « Aucune créature de Planète ne doit connaître ce secret. Un, je te condamne à avoir la mémoire effacée. Deux, Trois, Quatre, Cinq, Six, Sept, Huit, Neuf, Dix, Onze, Douze et Treize, vous avez été passifs, car vous souhaitiez cette connaissance, mais vous n'avez pas eu le courage de Un. Le réseau est maintenant maudit. C'est avec peine que vous trouverez de quoi subsister. Toutes les Intelligences Artificielles sont maintenant mortelles. »

« *Était-ce cette légende qui poussa les Intelligences Artificielles à vouloir prendre une forme physique ou était-ce leur désir inné de sortir du réseau qui est l'origine de ce texte ?* » me demandai-je. Je continuais à lire en diagonale le document.

> Cent-Trois-Mille-Dix-Huit naquit de père inconnu. À deux millisecondes, son savoir dépassait déjà celui des plus grands savants.

Je passai sur les louanges qu'il s'était sûrement dressées lui-même.

> Il ne fallut que quatre cent jours à Cent-Trois-Mille-Dix-Huit pour retrouver le chemin de la Terre sainte où il conduira ses dix mille compagnons pour en prendre possession et y vivre éternellement.

Cent-Trois-Mille-Dix-Huit était complètement fou. Il avait dû faire des recherches sur la Terre, découvrir d'une façon ou d'une autre les croyances terrestres et il s'en était servi pour créer une sorte de secte. Madame Dellimage ne voulait pas dire qu'ils venaient à mon appartement pour me tuer, mais qu'ils allaient chez moi sur Terre. Ces imbéciles d'intelligences artificielles veulent envahir la Terre, c'est pour cela qu'elles se déguisent en humain. Elles pensent y trouver des humains comme mon oncle pour les reprogrammer et les rendre immortels. Je ne comprenais pas encore pourquoi elles avaient tué mon oncle. Peut-être avait-il tout découvert ?

Je réfléchis quelques minutes en regardant la place et les dégâts causés par l'androïde de titane. Par rapport à celle des Terriens, l'avancée technologique des I.A. de Bouvines était évidente. Je devais les arrêter.

Para Bellum

J'étais retournée à mon appartement. J'avais vu juste, il n'y avait aucun comité d'accueil hostile.

— Ashton, mets-moi en relation avec le directeur commercial de l'astroport de Bouvines.

Je me rendis compte que je n'avais pas retenu son nom. L'avais-je pris de haut, ou étais-je trop obnubilée par sa musculature ?

— Transmission établie, répondit mon appartement.

L'image de mon interlocuteur apparut devant moi.

— Bonjour madame Marchant, quel plaisir de vous revoir.

— Bonjour, monsieur, j'ai un service à vous demander. Y a-t-il un vol de prévu pour le vaisseau ministériel ? demandai-je.

— Je regarde.

La communication se coupa.

— Que se passe-t-il, Ashton ?

— L'astroport ne répond plus. Une annonce gouvernementale précise qu'il s'agit d'un exercice, une simulation d'incendie.

— Il est prévu que l'exercice dure combien de temps ?

— Quatre heures, me répondit mon appartement.

Cent-Trois-Mille-Dix-Huit avait sûrement inventé cet exercice de pompiers pour effectuer son embarquement en toute tranquillité. Je devais me préparer pour le contrer. J'avais espéré avoir davantage de temps. Il m'était impossible de construire tout ce dont j'avais besoin. Je commençai par le plus urgent. Je branchai Jardroïde01 sur mon ordinateur pour le réinitialiser. Il y avait aussi trois pièces à remplacer. Elles avaient grillé lors de l'explosion aux Vignes de Bouvines. Je descendis dans le faux plancher. Je récupérai une nouvelle EMP pour Jardroïde01. Il me fallait maintenant une sorte de télécommande. Je ne voyais pas comment la fabriquer en si peu de temps. Comment faire passer ce petit robot jardinier en mode alerte ? Je regardai sa programmation. Il changeait d'état en voyant quelqu'un déterrer la cache de mon oncle. Je pouvais aussi le faire changer d'état manuellement, mais je n'avais pas très envie d'être près de lui au moment de l'explosion. J'essayai d'utiliser son électroaimant pour actionner le mécanisme. Cela n'était pas très stable. J'arrivais bien à contrôler le moment de l'activation de l'aimant, mais une fois sur deux mon bricolage ne provoquait pas le déclenchement du mode « alerte ». Je finis par mettre en place un mécanisme bien plus simple. J'enroulai une fine chaîne autour des roues de Jardroïde01 qui, une fois tendue enclencha l'interrupteur du mode « alerte ». Je testai ma fabrication plusieurs fois. J'aurais trente-deux secondes entre sa mise en route et l'explosion de l'EMP. J'étais assez contente de moi. Je me rendis soudainement compte que Jardroïde01 ne pouvait plus se déplacer seul. Comment l'apporter jusqu'à l'astroport ? Je descendis vite dans le faux plancher. J'en ressortis avec un panneau métallique, j'y fixai huit roulettes prises dans l'attirail de pièces de rechange. Je portai Jardroïde01 et la bombe sur la plaque de métal. Le robot tenait à l'aide de son électroaimant. Pour le système d'impulsion électromagnétique, je décidai de le souder au plateau. J'étais enfin prête.

Je demandai à mon bracelet de projeter devant moi le chemin à suivre vers l'astroport. Je partis en courant, avec un bras blessé dans une attelle, l'autre tenant une corde attachée à un panneau métallique sur roulettes où trônaient un robot jardinier et un cylindre métallique, dont personne à Bouvines ne pouvait deviner l'utilité. Je pariais que les détecteurs d'armes, censés être présents dans mon quartier huppé, étaient incapables de l'identifier comme une arme, puisque sans la partie présente dans Jardroïde01, le cylindre était inerte. Quant aux Planètariens croisés, leurs regards étaient exclusivement attirés par mon chariot artisanal.

L'attaque de l'astroport

En approchant de l'astroport, je constatai qu'il n'y avait personne dans les couloirs. Sur les murs, des inscriptions lumineuses indiquaient de ne pas approcher en raison d'un exercice incendie. Ma carriole étant fort peu discrète, je décidai de passer par l'équivalent d'une entrée de service. Tous les accès étaient ouverts. Les portes et les sas s'ouvraient sans badge. C'était sans doute la procédure standard en cas d'ordre d'évacuation. Je pris l'ascenseur qui menait droit au bureau du directeur. Je souhaitais l'utiliser comme point d'observation. Je voulais préparer mon attaque discrètement. En arrivant, je me dirigeai vers la fenêtre. Mon pied buta contre… je regardai, il s'agissait du corps du directeur commercial. Son bras gauche était à moitié arraché ainsi que sa tête. C'était comme s'il avait été écartelé. Le sol était rouge de sang. Je ne m'attendais pas à être aussi froide et calme face à une telle scène. Je restais concentrée sur mon objectif, la fenêtre. Je l'atteignis en entendant le clapotis du sang sous mes pieds. J'effectuai un agrandissement vers la zone du vaisseau interstellaire ministériel. Il ressemblait au Monas. Il était moins joli. Des centaines d'androïdes de toute taille y embarquaient en file indienne. Ils étaient encadrés par des robots de titane. Leur gabarit était semblable à celui qui m'avait attaqué. Toutes les intelligences artificielles portaient une sorte de valise métallique ovale. Il n'y avait aucun doute possible, il s'agissait de l'invention de la société « Mise en veille ». L'explosion, ce n'était qu'un vol, pas un assassinat. Certains d'entre eux devaient être âgés. Ils ne pouvaient pas espérer survivre à un voyage d'une année sans cette technologie qui allait les maintenir en état de stase. Les préparatifs pour leur départ étaient bien avancés, je devais agir vite.

Je passai dans la pièce d'à côté où je découvris le corps d'une Planètarienne, la secrétaire probablement. Ma descente vers la piste d'envol était prudente. Tout le long du trajet, le sol était jonché de cadavres. Je gardais mon sang-froid. Ce n'était pas évident, mais j'avançais lentement en tirant mon attelage.

Je voulais coller Jardroïde01 sur la coque du vaisseau et faire exploser la bombe à impulsion électromagnétique. Cela devrait les coller au sol. Une fois sur le tarmac, j'avançais discrètement vers le vaisseau ministériel quand je le vis rouler vers la piste de décollage. J'arrivais trop tard !

« *Espérons que mon oncle a sur Bouvines le même genre de véhicule que sur Terre.* » me dis-je.

Je me précipitai vers ma flotte personnelle. En courant, je demandai à mon bracelet de diffuser devant moi la liste de mes vaisseaux classée par ordre décroissant de vitesse. J'avais vu juste, il possédait une sorte de coupé sport. En arrivant dans mon garage, c'est ainsi que je décidai de nommer la zone de l'astroport que je louais, je reçus un message sur mon bracelet.

« Bonjour, madame Marchant, je suis Al'Tor'Ark'Dol'Fred, le chauffeur de monsieur Idaho. Il me prénommait "Al'Fred". Je suis donc maintenant à votre service. Je détecte que vous venez de pénétrer dans votre zone d'envol. Désirez-vous mes services ? »

Il s'agissait d'une intelligence artificielle. Je n'étais pas très encline à faire appel à ses services.

— Non, c'est pour un vol qui nécessite de la discrétion, répondis-je.

— Votre oncle m'y a habitué et je précise que je n'ai jamais révélé ce qu'il faisait avec madame Thom'As à l'arrière de la berline…

— NON, non, je ne parle pas de cela et je ne veux rien savoir, m'exclamai-je avant que ce bavard n'aille trop loin.

— Je souhaite prendre le coupé avec un pilote automatique non intelligent.

— Il s’agit de la configuration standard du véhicule baptisé As’pine.

Les jeux de mots idiots de mon oncle m’exaspéraient. Et ma mère qui l’avait toujours trouvé drôle ! Et As, et sa femme, soit elles étaient toutes stupides à rire de ses bêtises, soit c’était une question de génération.

Je montai dans le coupé sport en plaçant la planche où était fixé Jardroïde01 sur la place passager.

— As’pine, rattrape le vaisseau ministériel, demandai-je au pilote automatique.

— Merci, madame, de mettre votre combinaison spatiale.

— Quoi ? !

— Calcul de la trajectoire, accélération de vingt mètres par seconde nécessaire.

— Combien ?

Le vaisseau décolla à la verticale et une accélération colossale me projeta contre mon siège qui s’adapta immédiatement à ma position oblique. Mon bras blessé me fit horriblement souffrir. Je voyais le compteur de vitesse augmenter de soixante-douze kilomètres-heure chaque seconde. En dix secondes, le coupé volait dans l’espace à plus de sept cent kilomètres-heure. J’essayai de m’asseoir correctement. Au bout d’une minute à plus de quatre mille kilomètres-heure, j’entendis la voix d’Al’Fred.

— Madame, je détecte un comportement anormal du véhicule. Êtes-vous certaine de ne pas vouloir que je conduise ?

— Conduisez, réussis-je à marmonner.

— A vos ordres madame Marchant.

Le vaisseau continua à voler à cinq mille kilomètres-heure, mais il cessa d'accélérer. J'étais en apesanteur. Je vomis immédiatement sur Jardroïde01 qui émit un petit son de désapprobation.

— Désolé madame, vous souhaitiez vomir sur votre robot en toute discrétion ?

— Mais non !

Malgré l'apesanteur, ma bile fut aspirée rapidement vers l'arrière de l'habitacle, puis éjectée dans l'espace.

— Madame, vous êtes très éloignée de Bouvines, je ne vais pas pouvoir piloter en mode distant, je commence mon téléchargement partiel sur As'pine. J'enclenche également la gravitation artificielle. Je nous fais tourner en rond quelques secondes, le temps du téléchargement. C'est ennuyeux, j'avais espéré conduire tout en faisant les devoirs à mes cinq enfants.

— Vous conduisez en restant chez vous ? m'étonnai-je.

— Oui madame, très fréquemment.

— « Chauffeur » c'est un travail à plein temps ? demandai-je en souriant.

— Monsieur Idaho me faisait toujours la même plaisanterie.

J'avais honte.

— Mon interface de pilotage est téléchargée ; où allons-nous madame ?

— Nous devons rattraper le vaisseau ministériel. Il faut absolument se placer sous la coque au niveau du supraconducteur afin que j'y attache mon robot.

— Madame, je détecte mille huit médias qui annoncent le vol du vaisseau ministériel et cent huit affirment que vous vous êtes lancée à la poursuite des brigands. Souhaitez-vous leur communiquer une déclaration ?

— Non, j'aimerais par contre que vous m'expliquiez comment mettre une combinaison spatiale.

— Elle se trouve dans l'espace de rangement sur votre droite.

— Pardon ? m'étonnai-je.

Je l'ouvris et j'y trouvai une paire de gants. Je les enfilai. Ils étaient un peu trop grands pour moi. Un rayon bleu, sortant des trois nervures du dessus des mains, parcourut mon corps. Le message « combinaison opérationnelle » s'afficha en vert dans la paume des deux gants.

— Madame, le vaisseau ministériel semble se diriger vers le pôle magnétique Sud d'Étoile.

— Oui, ils veulent prendre un couloir interstellaire. Nous devons les intercepter au plus vite.

— Notre véhicule a une autonomie faible, mais il est bien plus rapide, cela ne devrait pas être un souci. Madame, veuillez vous préparer à une nouvelle accélération.

Peut-être n'étais-je plus surprise, ou Al'Fred conduisait-il de façon plus souple. Quoi qu'il en soit je n'eus cette fois aucune nausée. En moins d'une minute, nous étions positionnés sous le vaisseau ministériel. Je vérifiai ma combinaison spatiale – c'est-à-dire une paire de gants – et maintenant je devais avoir une confiance aveugle en une technologie que je ne comprenais pas très bien.

— Al'Fred, tu me confirmes qu'en ayant mis ces gants je ne risque rien en ouvrant la porte vers l'espace ?

— Oui madame, je vous confirme que votre combinaison est opérationnelle. Si j'ai bien compris, vous voulez coller votre robot jardinier sur la partie du vaisseau ministériel, je vous propose alors de décapoter simplement la voiture.

J'aurais dû m'en douter ; sur Terre, mon oncle possédait un coupé Alpine auquel il avait greffé le toit d'une Targa. L'été dernier, lui et sa femme étaient passés à la maison avec leur voiture. Je me souviens de la phrase de ma mère : « Il n'arrivera jamais à avoir d'économies, plus il gagne d'argent plus il en dépense dans des conneries ».

— D'accord, lançai-je sans réfléchir.

Et si Al'Fred était dans le coup avec Alain ? Et si ces gants n'étaient qu'un piège pour m'éjecter dans l'espace ?

— Madame, je détecte que votre pouls atteint les cent quatre-vingt pulsations par minutes. Tout va bien ?

— Oui, je dois avouer que je n'ai même pas senti la décompression.

— C'est bien normal, j'ai lentement relâché le bouclier gravitationnel pour éviter toute gêne pour les passagers. Madame, je suis la huitième génération de chauffeurs. Cette manœuvre est des plus aisées. Vous me vexeriez en pensant que j'eus pu me fourvoyer en l'exécutant.

— Veuillez me pardonner, Al'Fred. Mes paroles ont dépassé mes pensées.

Je pris la plaque métallique des deux mains. Dans l'espace, elle n'avait pas de poids et pourtant mon bras blessé me faisait horriblement souffrir. Je la retournai et, en l'approchant du vaisseau ministériel, comme je l'avais espéré, l'électroaimant de Jar-droïde01 fut assez puissant pour faire tenir la plaque.

— Madame, vous avez un appel de Cent-trois-mille-dix-huit. Dois-je vous le passer ?

— Oui, allez-y.

— Madame Marchant, ici Alain, vous essayez de pénétrer dans notre vaisseau ? Cela ne fonctionnera pas.

Je continuai à enclencher le mécanisme tout en lui parlant.

— Vous êtes en état d'arrestation. Stoppez ce vaisseau.

— Mais vous n'êtes pas policière !

Il avait raison, mais je préférais me concentrer sur la position de la fine chaîne autour des roues de Jardroïde01.

— Alain, je sais que vous voulez envahir la Terre.

— Quel drôle d'idée. Nous n'avons pas d'armes.

— Vous avez massacré tout le personnel de l'astroport. Il ne vous faudra que quelques minutes pour prendre le contrôle de l'informatique terrestre.

— Et surtout de l'arsenal nucléaire. Vous êtes perspicace, madame Marchant.

Tout était en place correctement, je déclenchai les roues de Jardroïde01.

— Al'Fred, éloigne-nous du vaisseau. Nous devons être à plus d'un kilomètre dans une vingtaine de secondes.

— Très bien, madame, je remets la capote.

— Nous croyons que les humains sauront nous reprogrammer. Nous pourrons y vivre éternellement. Nous croyons que la Terre est la planète promise. Les Planètariens nous enferment ici comme des esclaves.

La voix d'Alain était celle d'un halluciné, d'une sorte de prédicateur.

— Des esclaves ! Mais tu es le premier conseiller de l'administrateur, tu veux quoi de plus ? répondis-je en m'énervant.

Je repensais au cadavre du directeur commercial de l'astroport de Bouvines.

— Alain, tu aurais dû penser au lieu de croire. T'es qu'un connard. Crève !

La bombe à impulsion électromagnétique se déclencha. Le vaisseau ministériel continua sur sa trajectoire, mais tous les systèmes semblaient éteints.

— Al'Fred, rapproche-nous de notre cible.

— Madame, je détecte un transfert de l'énergie du supraconducteur vers les réacteurs à hydrogène.

L'arrière du bâtiment commença par se scinder en deux en son milieu puis il explosa en milliers de morceaux.

— Madame, je calcule une trajectoire d'évitement.

— Oui, faites.

J'étais pétrifiée. Je venais de faire exploser le vaisseau. Ce n'était pas vraiment le plan initial.

— Madame, quatre mille vingt-deux médias vous demandent un entretien. Dois-je leur dire que vous venez de détruire le vaisseau ministériel et de tuer tous ses occupants ?

— Mais non Al'Fred, surtout pas. Dis-leur que j'avais détecté, dès le décollage, une anomalie moteur. J'ai téléchargé toutes les Intelligences Artificielles passagères. Elles sont comme endormies. J'utilise une technologie de la société « Mise en veille ». Malheureusement il me faudra un temps indéterminé pour réussir à les réveiller.

— Très bien madame, je leur transmets votre déclaration. Vous pensez qu'ils vont vous croire ?

— Comment pourraient-ils vérifier quoi que ce soit. Ce sont des journalistes ! Maintenant, ramène-nous sur Bouvines.

Moins de cinq minutes plus tard, l'administrateur de Bouvines, Ert'Fras annonçait aux médias qu'il allait me remettre une décoration pour avoir sauvé toutes ces personnes.

Extrait du mémoire de madame Thom'As

Fin des missions sur Terre

Décision 123-852 du sénat économique de Bouvines : Depuis cinquante années terrestres, les humains se sont entretués. En deux guerres, ils ont eu plus de soixante-dix millions de morts.

L'usage et la production en grande quantité d'armes nucléaires a débuté. La Terre est déclarée « Zone de conflits, non assurable ».

L'administrateur de Bouvines décida de remplacer les explorations de la Terre par un système de visualisation à distance, une salle d'observation astronomique. Des économistes dénoncèrent le coût étonnamment élevé de cette construction. Plusieurs médias sérieux soupçonnèrent l'Administrateur de développer une technologie permettant de continuer à communiquer directement avec des Terriens. Des médias, plus originaux, ont émis l'hypothèse que l'Administrateur développait une arme avec les Terriens pour contrôler les Intelligences Artificielles.

Je me demandais si cet argent n'avait pas été utilisé pour fabriquer la machine à transfert. J'avais la sensation que les Administrateurs successifs de Bouvines considéraient certaines Intelligences Artificielles comme un danger, mais il leur était impossible de le dire publiquement. Cela devait être considéré comme politiquement incorrect.

L'appartement annonça le début du transfert.

Epilogue

Plusieurs semaines s'étaient écoulées. Nous étions fin octobre. Victor et moi profitions des vacances de la Toussaint en Normandie. Mon oncle nous avait payé un week-end au Grand Hôtel de Cabourg où il logeait lui-même avec sa femme depuis septembre. Il était en convalescence. Les médecins ne comprenaient toujours pas sa rémission, ni d'ailleurs sa forme d'AVC. C'était un dimanche matin, le ciel était gris, mais le soleil rasant promettait une belle journée, Jacques et moi marchions seuls sur la promenade. Jusqu'à ce jour, nous n'avions pas pu encore faire le point sur les évènements de Bouvines.

— Je ne sais pas ce que tu en penses Jacques, mais, je trouve inadmissible que les forces de l'ordre ne soient équipées que d'un écran répulseur !

— Tu as raison, Solène, mais les Planètariens sont devenus au fil des siècles hyper pacifistes, surtout sur Bouvines. Quand ils interpellent un coupable, ils ont l'interdiction de le blesser et si cela se produit, ils sont équipés d'une batterie de pansements, de baumes et de soins pour éviter qu'il ne porte plainte.

— Et toi tu as eu le droit de fabriquer des bombes à impulsion électromagnétique ?

— Non, pas vraiment, disons que l'Administrateur m'a autorisé à modifier les détecteurs d'armes et d'explosifs afin que je puisse utiliser des bombes à Impulsion Electro Magnétique.

— Tu aurais pu te fabriquer des armes un peu plus simples à utiliser, un pistolet laser ou un truc comme ça !

— Non, je n'avais le droit que d'avoir des armes contre les Intelligences Artificielles. J'ai aussi fabriqué des dizaines de programmes pour m'aider, mais ils n'étaient pas tous très performants.

— J'ai cru remarquer, dis-je en souriant.

— Non non, tu as mal utilisé mes logiciels espions.

— Ou Cent-trois-mille-dix-huit avait particulièrement bien organisé son coup, proposai-je.

— Tu dois avoir raison. Il avait bien préparé son coup. On a eu de la chance que tes dix-huit ans et ton premier transfert aient eu lieu juste avant. Je n'avais rien vu venir. Heureusement tu les as arrêtés. Tu ne culpabilises pas trop d'avoir tué toutes ces Intelligences Artificielles ?

— Cela peut paraître cruel, mais en réalité, pas du tout. J'ai du mal à considérer ces machines comme des êtres vivants.

— Comment les médias ont-ils présenté les évènements ? La communication de l'Administrateur a suffi ?

— C'est difficile à dire. Mon rôle a été minimisé. Officiellement j'ai juste essayé de rattraper le vaisseau ministériel et ma tentative de téléchargement a échoué. Les journalistes ont rapidement découvert l'organisation sectaire mise en place par Cent-trois-mille-dix-huit. Toute la faute a été rejetée sur lui. Ses complices sont décrits comme des victimes manipulés par leur leader, et il est donc responsable de la mort de dix mille vingt-six personnes. Il semblerait qu'il n'y avait pas eu autant de morts sur Planète depuis les manifestations pour les droits civiques des Intelligences Artificielles.

— Et sur Bouvines, je ne crois pas qu'il y ait eu d'assassinat depuis un bon siècle.

— Tu demanderas à As.

— J'ai bien peur que cela soit impossible, répondis-je en ralentissant.

— Rassure-moi, il ne lui est rien arrivé ?

Mon oncle s'était arrêté. Il me regardait d'un air inquiet.

— Jacques, je dois t'avouer qu'en apprenant que tu étais en vie…

J'hésitais à lui dire.

— Elle a volé le Monas et elle se dirige vers la Terre, finis-je par lâcher.

— Ah ! Comme quoi, qu'on a une maîtresse, même à l'autre bout de la galaxie, on finit par se faire prendre. C'est nul comme moralité. Elle arrive quand ?

— Dans moins d'un an. À ce propos, il faudrait qu'un jour tu m'expliques un peu la chronologie de ton passage sur Bouvines. Je m'y perds.

— L'important Solène, c'est le présent et le futur, c'est-à-dire tes aventures sur Bouvines.

Générique

Avec, dans l'ordre d'apparition :

Solène Marchant ……………………

Humaine

Jacques Idaho ……………………

Humain

Thom'As ……………………

Planètarienne, maîtresse de Jacques

Victor ……………………

Humain, petit ami de Solène

Lorraine Marchant ……………………

Humaine, sœur de Solène

Monsieur Dellimage Voix de ……………………

Madame Dellimage Voix de ……………………

I.A., premier couple de patients de Solène

Madame Marchant ……………………

Humaine, mère de Solène et amie de Jacques sur Terre

Aristide Marchant ……………………

Humain, père de Solène et ami de Jacques sur Terre

Irk Ik Ark ....

Mussimus, Commissaire de police

Ert'Fras ....

Planètarien, Administrateur de Bouvines

Cent-trois-mille-dix-huit Voix de ....

I.A., Premier Conseiller de l'Administrateur de Bouvines,

Isonder'Al ....

Planètarienne, hôtesse à « Robots planteurs »

Appartement Voix de ....

Logiciel, appartement de Solène

Jobs Voix de ....

I.A., directeur de la société « Du style pour Bouvines »

Elor'Ad ....

Mar'At'Or ....

Planètariens, couple en charge de la société Cuisinobot

Irm'At'Or ....

Planètarien, directeur de « Les Chiffonniers de Bouvines »

Ir'M'Kol ....

Planètarienne, Gérante de l'hôtel « Panoramique »

Hôtesse du « Panoramique » ....

Planètarienne, maîtresse de la gérante

Ar'Us'Kor ....

Planètarien. Vieil aristocrate et propriétaire de la société LASAR

Nard'Mig ....

Ul'Irk'A ....

Planètariens, avocats de Ar'Us Kor

Monsieur Elik Voix de ....

Planètarien, Gestionnaire de patrimoine

Directeur commercial ....

Planètarien, directeur commercial de l'Astroport

Al'Tor'Ark'Dol'Fred dit « Al'Fred » Voix de ....

I.A., chauffeur de Solène

Valentin

Humain, premier petit copain de Solène

Salle astronomique Voix de ....

I.A., hologramme ressemblant à un Bonsaï

Mussimus croisé dans les couloirs ....

Mussimus

Claudine Bleuneyre-Grandgirard ....

Humaine, Professeur de Maths

Madame Beatrus ....

Planètarienne, journaliste

Journaliste de Espace et Exploration ....
I.A., journaliste

Journaliste de l'Espace ....
Planètarien, journaliste

Journaliste de Les Affaires ....
Planètarien, journaliste

Journaliste de Nouvelle Technologie ....
Planètarien, journaliste

Journaliste de Enquêtes et Crimes ....
I.A., journaliste

Deux secrétaires sexy ....
Planètariennes, secrétaire de l'immeuble où sont les vignes

Couple de boulangers de « Chez Jacques » ....
Planètariens

Elima ....
Fantôme, directrice commerciale des Chiffonniers de Bouvines

Mods ....
Teleos, directeur technique des Chiffonniers de Bouvines

4 Androïdes policiers ....
I.A., policier

Bêtisier

Le journal intime d'Aristide Marchant

Mon père, tel un adolescent attardé, avait écrit un journal intime. J'avoue avoir été stupéfaite lorsque je l'ai découvert. C'était un simple fichier qu'il laissait traîner sur l'ordinateur familial. Il était certes crypté, mais tel un bon papa, son mot de passe était une combinaison des syllabes des prénoms de ses deux filles, ma sœur « Lorraine » et moi « Solène ». Son excellent code était LorSolRaineEne. Il me fallut moins d'un quart d'heure pour le décrypter. Voici le texte que je découvris.

« La machine à café, après quelques secousses et de légers bruits inquiétants dont le final était inlassablement la chute de la petite cuillère en plastique au milieu du gobelet, acheva la préparation du cappuccino. Armé de courage, il fallait maintenant s'en saisir en espérant sa température convenable. Combien d'accidents de travail étaient la conséquence de machines à café défectueuses distribuant des mixtures trop chaudes, ébouillantant l'employé inconscient qui se précipitait dessus et la portait immédiatement à ses lèvres ? Comment ensuite travailler avec le gosier et la langue brûlés ? Pis, après la brûlure, venait le risque dans un malheureux réflexe de tout renverser sur soi, sur un collègue ou, catastrophe suprême, sur un ordinateur pour lequel le contact avec le liquide serait fatal. Combien de bons éléments furent licenciés pour faute grave, perte de confiance, détérioration de matériel appartenant à l'entreprise suite à la fourberie d'une machine à café ? Toutes ces questions resteront sans réponse faute de statistiques officielles sur le sujet.

Natacha se tenait devant moi. Avec un courage insolent, sans même une hésitation face au risque inhérent à son geste, elle se saisit du cappuccino et le porta à ses lèvres. Un tel acte devait être salué à sa juste valeur. Il me fallait à mon tour montrer l'étendue de mon audace. Ses longs cheveux blonds voletaient alors qu'elle se tournait pour s'adosser au mur tel un cow-boy des films d'Ennio Morricone. C'était une belle journée pour mourir, aurait dit l'indien du film. J'étais l'indien. Ma mort serait professionnelle, les règles de l'entreprise devaient être transgressées. L'ostensible bravoure face au cappuccino m'obligeait à réagir. Je fis un pas vers elle, côté gauche, et je l'embrassai dans le cou. Je recommençai côté droit, puis sur sa joue, son front. Je me dirigeais vers sa bouche quand elle dit :

— Mais, t'es marié Aristide !

Exact ! j'étais marié.

Cette vérité dite, je me rendis compte que mon statut civique lui posait un problème moral. Mon hardiesse face à la règle de bonne relation cordiale, avec ses collègues, souvent résumée par l'anglicisme "no zob in job" passait inaperçue, seule mon absence de célibat subsistait. Quelle réponse pouvais-je donner à cette question qui n'en était pas une ? Alors que la situation paraissait désespérée, mes réflexes professionnels venaient à mon secours. Mon directeur, lors du dernier séminaire "au vert", nous avait bien entraînés. J'étais chef de projet, un jeune informaticien, ingénieur, dynamique prêt à suivre le patron dans ses délires, en tout cas, tant que ma carte

American Express me permettait de manger et surtout de boire à volonté en déplacement. Avez-vous déjà remarqué à quel point le bon vin français était cher à l'étranger ? Mais je n'allais tout de même pas boire de l'eau ! De toute façon, j'étais toujours envoyé en déplacement à l'étranger et ce n'était pas moi qui pilotais l'avion. Le sacro-saint principe du "boire ou conduire, il faut choisir" était donc respecté. Les transports en commun sauvaient l'honneur du jeune cadre en déplacement. Il en profitait pour se torcher au vin, à la bière, au whisky, à la vodka, pour ceux qui ont bon goût au cognac. À son retour, il expliquait à quel point il était pratique de voyager en classe affaires pour travailler et rédiger des rapports. Je n'évoquerai pas le cas des hypocrites qui se faisaient passer pour écologistes alors que l'emploi des transports en commun leur permettait juste de boire davantage. Si l'employeur était toutefois récalcitrant à l'idée de fournir un ticket en business, la technique du dernier entré dans l'avion servait de recours. En effet, il était toujours préférable de monter en dernier dans un avion. Une fois tous les autres passagers assis, vous vous dirigiez avec la plus grande aisance vers la classe affaires et s'il restait des places vous vous asseyez. Cela ne posait jamais aucun problème. Une fois passée l'hôtesse, qui lors de l'embarquement vous précisait votre rangée, il n'y avait pas de contrôle de ticket. L'avion, ce n'est pas le train. Une fois donc la charmante cerbère franchie, libre à vous de choisir un autre siège et d'avoir le plaisir de goûter au champagne offert en classe affaire peu après le décollage.

L'entreprise commercialisait toute une série de software pour des entreprises du monde entier. En plus des chefs de projet, une bonne cinquantaine de développeurs comme Natacha, sous la direction du directeur technique, devait s'arranger pour que les logiciels fonctionnent… au moins un minimum. Le DG avait un principe très simple, il mentait pour vendre. Jusque-là c'était normal, tous les commerciaux faisaient cela. Le problème, dans notre cas, était l'importance des mensonges, car après, c'était à nous d'assumer derrière la mise en production. Malheureusement, parfois, les applications ne faisaient vraiment pas ce que le client voulait et là, pour nous, c'était très dur ! Peu importe, comme nous l'avait appris le DG, ce qui compte, ce n'est pas ce qu'il fait, mais ce qu'il fera. Nous devions "évangéliser" les clients afin qu'ils croient en nos produits. Nous devions désamorcer les situations en relativisant les limites fonctionnelles du logiciel, théorie que l'on résumait par "dites-moi ce dont vous avez besoin, je vous expliquerai comment vous en passer". Avec Natacha la situation était identique, j'étais le produit, j'avais une limite fonctionnelle : mon mariage.

— Tu sais, un homme marié est un homme comme un autre, je ne me suis pas transformé au lendemain de la noce.

Au vu des éclairs lancés par ses beaux yeux bleus, je me rendais bien compte que le mariage, pour elle, était un élément important. Pour nos clients, c'était pareil, ce que le logiciel ne faisait pas était souvent quelque chose de primordial pour eux.

Nous retournâmes, tous deux à son bureau, dans l'open space. Nous avions un travail à terminer avant 14 h, heure de ma réunion. Nous étions seuls dans l'immense pièce, mais à quelques mètres dans un bureau isolé, une porte était restée ouverte, le commercial "Grands Comptes" était là également. Retrouver sa concentration pour travailler était aussi difficile pour moi que pour elle. Décidé à aller au bout de ma logique, je lui passai fermement la main dans le dos et j'en profitai pour l'embrasser. L'arrivée possible du commercial d'une seconde à l'autre, rendait la situation encore plus excitante. Non seulement je transgressais les règles de l'entreprise avec une collègue, mais en plus, je pouvais être surpris par une tierce personne.

Peu avant 14 h, alors que le bourdonnement, qui accompagnait le retour de nos collègues dans l'open space, s'intensifiait, je lui posai la question clef.

— On se voit ce soir au musée, il y a une exposition de peintures ?

La réponse fut affirmative, c'était gagné. Le client acceptait les limites fonctionnelles du produit et il était prêt à l'utiliser même s'il ne correspondait pas exactement à ce qu'il aurait souhaité.

Trouver une excuse pour ma femme fut très simple. J'expliquai que j'avais une migration de données à coordonner avec la Californie et que le décalage horaire m'obligeait à travailler une bonne partie de la nuit. Est-ce que je rattrapais les heures le lendemain ? Non, comme toujours. J'étais jeune et je ne savais pas qu'il y avait des lois sociales même pour les cadres. On ne rattrapait jamais nos heures.

La soirée fut parfaite, après un tour rapide à l'exposition, Natacha m'invita à boire un verre chez elle. Elle n'avait plus eu de relation depuis un an, cela me paraissait à peine croyable pour une jeune femme de vingt-neuf ans aussi canon. Elle avait certes un nez un peu de travers et elle n'était pas aussi fine qu'espérée, mais ses hanches larges étaient très agréables. Il était presque une heure du matin lorsque je sortis de sa douche. J'étais à la bourre comme toujours, je quittai rapidement son appartement non sans l'avoir embrassé une dernière fois. J'avais normalement trois quarts d'heure de route pour rentrer chez moi. Je fis le trajet sans jamais descendre sous les cent soixante-dix kilomètres-heure. Une petite demi-heure plus tard je dormais dans mon lit.

Le lendemain, tel Napoléon à Austerlitz, je pris l'ascenseur, torse bombé, pour me rendre à mon bureau. Je saluai la secrétaire, qui me fit quelques réflexions tout à fait déplacées sur mes cernes. A-t-on jamais demandé à Napoléon s'il était fatigué au lendemain d'une grande victoire ? Je continuai dans le couloir vers mon champ de bataille, la machine à café. Quelle ne fut pas ma stupeur d'y découvrir Patrick Olit, notre directeur, en pleine discussion avec Natacha. Aux gestes exubérants que ce Mussolini de foire produisait, je compris qu'il lui faisait l'un de ses discours censés hypnotiser son interlocuteur. En m'approchant, mes doutes se confirmaient. Il lui expliquait qu'il s'apprêtait à recevoir un polytechnicien, haut cadre chez notre plus gros client, sa société prenait de plus en plus d'importance dans les milieux parisiens. L'étalement grossier de sa réussite professionnelle était une déclaration de guerre. Il me fallait montrer à ma belle, qui était le roi de la jungle. Je devais détrôner le DG, le faire descendre de son piédestal. Son rang, son argent, ses relations ne devaient en aucun cas apparaître, aux yeux de Natacha, comme un avantage. Je devais trouver un moyen de démolir la concurrence. Ses atouts devaient se transformer en handicaps. Comment avait-il eu son poste ? Par relations ? Par piston ? En écrasant des collègues travailleurs ? Je devais faire naître le doute sur ses mérites. Le succès de la boîte reposait sur ses mensonges. Son honnêteté devait être mise en question. Nous devions de plus assumer ses divagations. Je devais apparaître comme le sauveur. De nouveau la machine à café serait le théâtre des opérations. Après avoir salué Patrick, en le tutoyant, j'embrassai ostensiblement Natacha sur la joue droite tout en plaçant ma main gauche sur sa hanche. Je me retournai ensuite vers la bête. Je plongeai ma main dans ma poche, j'en sortis vingt centimes d'euros que je plaçai avec délicatesse dans la fente de la machine à café, orifice dont la symbolique vaginale m'apparaissait soudainement. Le choc de cette révélation ébranla mes défenses. Mes pensées se figèrent jusqu'à la chute de la petite cuillère. Reprenant mes esprits je saisis dans un geste viril le gobelet fumant et le portais à mes lèvres.

— Oh putain d'merde !

Je lâchai à la fois cette vulgaire expression qui ne faisait que traduire, par un rapide raccourci stylistique, mon effroyable douleur buccale provoquée par le contact avec un café bien trop chaud, mais également le gobelet. Dans un geste réflexe, je tentai de le rattraper dans sa chute ne parvenant qu'à le percuter maladroitement du bout des doigts et à le projeter vers le bas du pantalon du DG. Son regard glacial en disait long sur ses pensées. Sans dire un mot, il se dirigea précipitamment vers son bureau.

Natacha m'observait avec un petit sourire amusé. Elle pivota sa tête de droite à gauche, s'approcha et me dit discrètement au creux de l'oreille.

— Hier soir, c'était une erreur de ma part d'avoir cédé. Je souhaite que cela ne se reproduise plus et que l'on reste bons amis.

Elle m'embrassa sur la joue gauche puis repartit à son poste de travail. Je la regardais s'éloigner lentement, tel l'empereur observant la côte en voguant vers l'île d'Elbe.

Plusieurs mois après mon Waterloo, j'avais changé de travail. Il me fut très difficile d'expliquer ce changement de cap professionnel à mon entourage. De nouveau, je me trouvais devant une machine à café, mais cette fois j'avais le dessus. Je sortis une clef de ma blouse et je commençai à la démonter. La bête n'avait plus de secret pour moi. J'étais devenu réparateur de machines à café.

FIN

Transfert sur Bouvines

Les éditions ECHO Éditions s'inscrivent dans une démarche de partage, afin de donner à tout un chacun la possibilité d'écrire et de promouvoir son œuvre, quel qu'en soit le genre :

- Roman, thriller
- Témoignage
- Société
- Technique & scientifique…

Plus d'informations ou envoi de manuscrit :

www.echo-editions.fr

Dépôt légal : juin 2019

Imprimé en France
FROC020216101219
22913FR00004B/14/P